庫

文庫オリジナル／長編青春ミステリー

枯《かれ》葉《は》色《いろ》のノートブック

赤川次郎

光 文 社

『枯葉色のノートブック』目次

●主な登場人物のプロフィルと、これまでの歩み

第一作『若草色のポシェット』以来、登場人物たちは、一年一作の刊行ペースと同じく、一年ずつリアルタイムで年齢を重ねてきました。

杉原《すぎはら》爽香《さやか》……三十二歳。誕生日は、五月九日。名前のとおり爽《さわ》やかで思いやりがあり、正義感の強い性格。中学三年生、十五歳のとき、同級生が殺される事件に巻き込まれて以来、様々な事件に遭遇《そうぐう》する。大学を卒業して半年後の秋、殺人事件の容疑者として追われていた元ＢＦ《ボーイフレンド》・明男を無実としてかくまうが、真犯人であることを知り、自首させる。爽香はこの事件を通して、今もなお明男を愛していることに気付く。五年前、明男と結婚。高齢者用ケア付きマンション〈Ｐハウス〉から、現在は〈Ｇ興産〉に移り、新しい時代の老人ホームを目指す〈レインボー・プロジェクト〉のチーフを務めている。

杉原明男《あきお》……中学、高校、大学を通じての爽香の同級生。旧姓・丹羽《にわ》。優しいが、優柔不断なところも。大学進学後、爽香と別れ、刈谷《かりや》祐子《ゆうこ》と付き合っていたが、大学教授夫人・中丸《なかまる》真理子《まりこ》の強引な誘いに負けてしまう。祐子を失ったうえに、就職にも失敗。真理子を殺した罪で服役していたが、七年前に釈放された。現在は爽香と結婚し、Ｎ運送に勤めている。

河村布子《かわむらきぬこ》……爽香たちの中学時代の担任。着任早々に起こった教え子の殺人事件で知り合った河村刑事と結婚して十三年。現在も爽香たちと交流している。子供の名は爽子《さわこ》と達郎《たつろう》。

河村太郎《たろう》……警視庁の刑事として活躍するが、四年前、ストレスから胃を悪くし、事務職に。三年前に現場に戻るも、事件の捜査のなかで知り合った志乃《しの》との間に娘・あかねが生まれる。昨年、志乃はあかねとともに河村の前から姿を消す。

栗崎英子《くりさきひでこ》……七年前、子供たちが起こした偽装誘拐事件に巻き込まれた。かつて大スター女優だったが、爽香の助けなどで映画界に復帰。〈Pハウス〉に入居中。

田端将夫《たばたまさお》……〈G興産〉社長。祐子と交際中にも、爽香に好意を持っていた。

田端祐子《ゆうこ》……大学時代の明男の恋人。旧姓・刈谷。就職した〈G興産〉で出会った田端将夫と六年前に結婚した。一昨年、長男の良久《よしひさ》を出産。

田端真保《まほ》……将夫の母。爽香のことがお気に入り。昨年、大腸ガンの手術を受ける。

浜田今日子《はまだきょうこ》……爽香の同級生で親友。美人で奔放《ほんぽう》、成績優秀。現在は医師として活躍中。

杉原真江《まさえ》……爽香の母。爽香の良き理解者。息子の充夫が心配の種。

杉原充夫《みつお》……爽香の十歳上の兄。三児の父。浮気癖や借金等で爽香を心配させる。

荻原里美《おぎわらさとみ》……十九歳。三年前、事件で母を亡くし、弟を育てながら〈G興産〉で働いている。

麻生賢一《あそうけんいち》……二十六歳。〈G興産〉で、一昨年から爽香の秘書を務める。昨年、事件に巻き込まれた南寿美代《みなみすみよ》と果林《かりん》の母娘と知り合う。

中川　満《なかがわみつる》……爽香に「興味がある」という殺し屋。

——杉原爽香、三十二歳の秋

1 暗闇

冷汗が脇《わき》の下を伝い落ちて行った。

——こんな所、別に怖くなんかない。慣れてるんだ、俺《おれ》は。

そう見せようと努力すればするほど、店にいる客たちは彼の方をじっと好奇の目で見るようだった。

彼はむせた。——タバコの煙に弱い。

今はオフィスも禁煙になって、助かっていたが、たまに煙でかすんで見えるほどの場所へ来ると、とたんに喉《のど》をやられてしまうのである。

カウンターの奥から、蝶《ちょう》ネクタイのバーテンが、

「ご注文は?」

と、声をかける。

「水割り」

とても「アルコールがだめなんで、ジンジャーエールをくれ」とは言えなかった。

ろうと思う。
空《あ》いたスツールに腰をおろして、カウンターに肘《ひじ》をつく。我ながら、さまになっていないだ

二つ離れて腰かけていた女が、彼の方を見て、ちょっと笑った。さもおかしげに笑ったのである。

黙ってはいられない、と思った。ムッとした、ということぐらいは伝えておく必要がある。

「何か僕の顔についてる？」

と言ってみた。

声は震えていなかったし、上ずってもいない。まず、迫力のあるひと言だったろう。

と、女はタバコをくゆらしながら、「ズボンの前が開いてるわよ」

「顔じゃないわ」

そう言うと、女はこらえ切れなくなった様子で、天井を仰いで大笑いした。

彼は、真赤《まっか》になってズボンのファスナーを上げた。

「からかっちゃだめだ」

バーテンが女をたしなめた。「どうぞ」

水割りを出される。――彼は、ため息をついた。

「すまないね」

と、彼はバーテンに言った。「見栄張って頼んだが、アルコールはいけないんだ。ノンアル

「コールの飲物あるかい？　ちゃんとこの分の飲み代も払うからさ」

「いいですとも」

と、バーテンがニヤリとして、「私も酒は全然飲めないんです。旨《うま》いジンジャーエールがありますが？」

「よろしく」

彼はホッとして笑った。

ジンジャーエールを一気に半分ほど飲んで、彼は少し間《ま》を置いてから、バーテンに言った。

「ジョーはいるかい？」

洗ったグラスを拭《ふ》いていたバーテンの手が止《と》まった。

「ジョーにご用で？」

「ここで会うことになってる」

「──そうですか」

バーテンは肯《うなず》いて、「あんたがね」

グラスがキュッと音をたてた。

グラスを置くと、

「今、呼びますよ」

と、バーテンが奥へ引っ込む。

待つほどもなかった。

ちょっと調子が狂うほど若い男が、それも背広姿でアタッシェケースをさげて現われたのである。

「お待たせしました」

「——あんたが、ジョー？」

「大きな声はやめて下さい」

「すまん」

「じゃ、こちらへ」

彼は、その「ジョー」という男について、少し奥まったテーブルについた。

「いいのかい、こんな所で」

「大丈夫。誰《だれ》だって、何かセールスの話をしてると思いますよ」

と、ジョーは微笑《ほほえ》んだ。「ま、セールスには違いないけど」

夢でも見ているような気がした。いや、現実はこんなものかもしれない。

マフィアの映画などを想像していたのが間違いだったのだろう。

「話は聞いてます」

と、ジョーは言った。「値は伝わってますね」

「うん」

「値切らないで下さい。あれが最終の値段ですから」

「分ってる」

彼は内ポケットから封筒を取り出した。「ぴったり入れてある」

「一応、あらためます」

ジョーは中の札を二度数えた。「――OK。間違いありません」

「現物は？」

ジョーはテーブルの上にアタッシェケースを置いて、開けた。中に木の箱が納まっている。

「この箱の中に。説明書が付いてます。もちろん、扱いは乱暴にしない方がいいですが、そうピリピリ神経を使う必要はありません。実戦のときは、みんな駆け回ってるわけですからね」

「そうだな」

「ピンさえ抜かなきゃ、まず大丈夫。その辺も取扱説明書に書いてあります」

「ごていねいだな」

「サービス第一ですからね」

ジョーはニヤリと笑った。「――じゃ、お渡ししましたよ」

木の箱を受け取ると、かなり重い。

「真直《まっす》ぐに帰って下さいね。途中、コソコソ歩かないで。警官に職務質問されるのが怖いですからね」

「分った」

彼はジンジャーエールを飲み干した。「じゃあ……もう行く」

「お気を付けて」

ジョーの愛想のいい笑顔に送られて外へ出る。

本当に夢を見ていたのではないかという気持がぬけない。

しかし、抱えている木箱は間違いなく、しっかりとした重さがある。

事実だ。――真実なのだ。

彼の顔にやっと笑みが浮《うか》んだ。

今、自分が抱えている木箱の重みが、彼を力づけた。――手榴弾《しゅりゅうだん》の重みが。

そして、時は一か月前にさかのぼる……。


「じゃ、今日はこれで」

と、杉原爽香《すぎはらさやか》は言った。

パタパタとファイルを閉じる音が、会議室の中に響く。

「今日は給料日よ。できるだけ定時で帰って」

と、爽香が付け加えたので、笑いが起《おこ》った。

「チーフはどうするんですか?」

と、男性のスタッフの一人が爽香に訊《き》いた。

「私？　六時にね、愛する旦那《だんな》と待ち合せてるの。大地震が来てもそれまでに帰る」

爽香の言葉を聞いて、みんなホッとした様子だ。やはり、チーフの爽香が残っていては帰り辛《づら》い。

「じゃ、お先に失礼します」

と、一人が早々と席を立った。

「あら、あなた独身じゃない。誰が待ってるの？」

と、女性スタッフの一人がからかったので、また笑いが起った。

それをきっかけに、

「じゃ、お先に、チーフ」

「失礼します」

と、次々に会議室を出て行く。

「お疲れさま」

と、爽香は答えた。

やがて会議室は空っぽになり、爽香一人が残った。——人目がなくなると、つい大欠伸《おおあくび》が出る。

「帰れるかな」

と呟《つぶや》いた。

六時に、夫、明男《あきお》と待ち合せているのは本当のことだ。しかし、明朝一番で返事しなくてはいけない問題が五、六件も手つかずである。

その資料に目を通すだけで、九時ごろまではかかるだろう。

明男と予定通りに待ち合せて食事して帰ろうと思えば、資料を持って帰って、家で読むしかない。

少し迷ったが、明男との約束が第一だ、と思った。

「――チーフ」

秘書の麻生《あそう》が入って来た。

「ああ、どうしたの？」

「〈K建設〉の河合《かわい》さんが、どうしてもチーフに会いたいと……」

「また？　長くなるんだ、あの人と話してると」

と、爽香はため息をついた。

とても六時には間に合うまい。

「そう思ったので」

と、麻生がニヤリと笑って、「明日の朝一番に現場で、という勝手なアポを入れてしまいました」

爽香は笑って、

「よくやった！」

と、麻生のお腹《なか》をポンと平手で叩《たた》いた。

「チーフ、それはやめて下さいよ」

と、麻生はいやな顔をする。

「だって、叩きたくなるんだもん。またここんとこ、太ったんじゃない？」

――麻生は、去年の冬に知り合った、五つ年上の南《みなみ》寿美代《すみよ》と、この春結婚した。七つになる娘、果林《かりん》は今や売れっ子の子役スターだ。

「果林ちゃん、忙しい？」

「ええ。でも、栗崎《くりさき》さんが、あんまりCMなどに沢山出ないように、と助言して下さるので……」

「芸能界の裏も表も知り尽くした人よ。耳を傾けて損はないわ」

「家内もそう言っています」

――麻生の、「家内」なんて言い方も、このところやっと身について来た。

同時に、「幸せ太り」とでも言うのか、麻生は、二十六の若さで、早くも大分お腹が出て来ていた……。

「今日、TV《テレビ》ドラマの収録してるんで、落ち合うことになってるんです」

「何だ。それで自分も残りたくなかったのね？」

「はい。――チーフもお帰りでしょ」

「六時に亭主と待ち合せ。近くだから、自分で行くわ」

「送りますよ。時間は充分あるので」

「そう？　じゃ、送ってもらうか」

爽香は立ち上って伸びをした。

――爽香が机の上を片付けて、ビルの一階へ下りて行くと、もう正面に車がついていて、麻生が前で立っていた。

車なら、五、六分の距離だ。

車が走り出すと、すぐに爽香のバッグの中でケータイが鳴った。

「明男かな」

取り出してみると〈公衆電話〉からだ。

「――もしもし」

と、出てみると、向《むこ》うは何も言わない。「どなたですか？」

いたずらか、と切ろうとすると、

「お知らせしたいことが……」

と、押し殺した声が言った。

「え？　どなたですか」

と、爽香はくり返した。

「聞いて下さい。とても大事なことなんです」

女の声のようだ。

「何のことですか？」

と、爽香は言った。

「あなたの部下のことです」

聞きながら、爽香は相手がなぜ自分のケータイ番号を知っているんだろう、と考えていた……。

2　疑惑

「あ、爽香さんだ」

と、荻原《おぎわら》里《さと》美《み》は通り過ぎる車を見て言った。

「え？」

「あ、ビクッとした」

里美は笑って、「大丈夫。車で通っただけだもの」

「そうかな……」

「顔、こわばってる」

「からかうなよ」

と、寺山《てらやま》は苦笑した。「これからどうする？」

「どうって……。時間ないし。一郎《いちろう》を迎えに行かないと」

と、里美は言った。「寺山さんだって、今日は早く帰らなきゃいけないんでしょ」

「まあね。しかし、一時間や二時間、残業したつもりになれば……」

里美は、寺山の方へ身を寄せた。

「もっとゆっくり会えたらいいけど」

「うん」

「──歩こう」

と、里美は言った。「一時間じゃ、せわしなくって」

「ああ……」

二人は、夜道を腕を絡めつつ、歩き出した。

──荻原里美のことを、〈飛脚《ひきゃく》ちゃん〉と呼ぶ社員はもういない。

爽香の世話で〈G興産〉へ入社。メッセンジャーとして駆け回っていた少女は、今十九歳になっていた。

弟の一郎はまだ五歳。姉というより母親の役を果している里美だ。

そんな里美も男を知る年齢になっていた。

とはいえ、この恋は爽香にも打ち明けていない。言えば反対されるだろう。

寺山雄太郎《ゆうたろう》は、他《ほか》ならぬ爽香の率いる〈レインボー・プロジェクト〉の一員なのである。四十一歳で、妻も子もある。

──オフィス街も、一つ裏の通りへ入れば人通りが少なく、暗い。

里美は、街灯の明りの合間の暗がりで寺山に抱きしめられると、唇《くちびる》を重ねた。

カッと体が燃える。

「――一時間でもいい」

と、里美は言った。「三十分でも」

「走ろう」

「うん」

二人は手をつないで、駆け出した。

「何かあったのか?」

と、明男が言った。

「――どうして?」

爽香は食事の手を止めた。

「怖い顔してるぜ」

「失礼ね」

と、爽香は苦笑した。「気苦労が多いのよ」

「自分一人で抱え込むなよ」

「分ってる」

――明男と爽香の暮しは、経済的には安定している。

収入は爽香の方が上だが、倍というほどではない。明男も、今の〈N運送〉で、責任のある地位にいる。

もちろん、毎日トラックを運転して荷物を運んでいる身であることに変りはないが。

「布子《きぬこ》先生からメールが来てたわ」

と、爽香は言った。「爽子《さわこ》ちゃん、ヴァイオリンを買い替えるんだって」

「へえ。ずいぶん早いな」

「腕がどんどん上達してるから、いい楽器が必要なんだって。大変らしいわ、高くって」

「いくら？」

「書いてなかった。でも、何とかして買ってあげたいって」

「親の気持としちゃ、よく分る」

「うん」

爽香は肯いた。

しかし、河村《かわむら》は刑事、布子は教師である。高価なヴァイオリンを買うのは、容易なことではあるまい。

「大変だね、親っていうのは」

と、爽香は言った。

「あ、これ好きでしょ。食べて」

「うん」

お互い、好物が別なので、相手の皿から持って来る。食事の間、しばしば「物々交換」が行われる。

「今度の日曜日は休めるのか?」

と、明男が訊いた。

「どうかなあ……。インテリアデザイナーが、ここんとこ急に忙しくなっちゃってね、海外へ行くことが多いの。土曜日に帰国するっていうんで、打合せが日曜日になるかもしれない」

「俺はいいけどさ、お前も体、気を付けろよ」

「分ってる。睡眠は取ってるけどね」

とは言うものの、以前に比べて寝つきが悪くなったのは確かだ。

翌日の会議や打合せのことを考えていると、なかなか眠れない。

「明男は休み?」

「うん。今は少し暇な時期だしな。こうしてる内に、すぐお歳暮の時期になる」

「早いね、一年って」

爽香はしみじみと言った。「早川志乃《はやかわしの》さんが、あかねちゃんを連れて東京を離れてから、もうずいぶんたつね」

「今、どこにいるんだ?」

「仙台《せんだい》だって。昨日、久しぶりに手紙が来たの」

「河村さんは知ってるのか」

「話してない。志乃さんからも、『言わないで』って頼まれてるし」

「そうか」

「元気でいるみたいよ。友だちの紹介で、旅館で働いてるって」

「河村さん、気にしてるだろうけどな」

「そうね……」

——河村にとっても、あかねは「可愛《かわい》い我が子」である。しかし、志乃とあかねがいなくなったことで、河村がホッとしているのも事実だ。

布子から、河村が最近よく子供と遊びに出ると聞いて、爽香は安堵《あんど》した。

河村としては、早川志乃との間に、あかねという子までもうけたことで、妻と子供たちに罪の意識を持っていたはずだ。爽子は十二歳、弟の達郎《たつろう》は八歳である。もう、両親の間の微妙な空気を感じることのできる年齢になっている。

今の河村の「家族サービス」は、一種の罪滅ぼしだろう。

もちろん、その一方で、自ら孤独な暮しを選んだ早川志乃の涙もあることを、忘れてはならない。

それに、河村はあかねを認知している。別々に暮しているからといって、縁が切れているわけではない。

「おいしい」

ワインを飲んで、爽香はかすかな酔いが体をほぐしていくのを感じた。

二人で、時たまこうして食事するのが、今の爽香の楽しみだ。

「――おい、ケータイじゃないか？」

と、明男が言った。

「え？ 私？」

バッグの中で、マナーモードにしておいたケータイが震えている。

爽香は、ケータイを取り出した。仕事の連絡だったら、絶対に無視すると決めていた。しかし――。

「綾香《あやか》ちゃんだ」

兄、杉原充夫《みつお》の長女である。もう高校二年生の十七歳。出ないわけにはいかない。「もしもし」

と、爽香は席を立ち、レストランの入口の方へと大股《おおまた》に歩いて行った。

「もしもし。――爽香おばちゃん？」

「うん。どうしたの？」

爽香は、いやな予感がした。

綾香は、両親、充夫と則子《のりこ》がうまくいっていないことをよく知っている。長男の涼《りょう》は十歳、次女の瞳《ひとみ》はまだ五歳だ。

「あのね、お母さんが帰って来ないの」

「――お母さんが？」

兄の充夫が帰宅しないのは珍しいことではないが。

「何か食べた？」

「うん。近くのコンビニでお弁当買って」

「そう……。電話もないのね」

「帰ったとき、メモがあって。夕ご飯までに帰る、って」

爽香は、この姪《めい》のことがよく分っている。気のやさしい、おとなしい子だが、その一方で、なかなか言いたいことが言えない。

いい加減な兄のせいだと思うと、爽香としても、綾香に同情はするのだが……。

「ごめん、綾香ちゃん。今夜は仕事が沢山たまってるの。行ってあげたいんだけど……」

と、爽香は言った。「お母さん、お友だちとでも会って、つい話し込んでるのよ、きっと」

「うん……」

「何かあったら、またこのケータイにかけていいから。ね？」

「分った」

綾香は消え入りそうな声を出した。

——席へ戻った爽香は、

「全く、兄貴の奴《やつ》！」

と、思わず声に出して言ってしまい、周りのテーブルから一斉に振り向かれてしまった。

「どうしたんだ？」

と、明男が訊く。

爽香は肩をすくめて、事情を話し、

「もうあの子も十七だもの、放っといたって大丈夫」

「だけど……。いいのか、行ってやらなくて？」

「親の帰りが遅いからって、いちいち行ってられないわよ」

「ただ遅いっていうだけなら、電話して来ないんじゃないのか？　何か話したいことがあるんだよ」

爽香は、ワインを飲み干すと、

「分ってるわ、それぐらい」

と、口を尖《とが》らした。「あの子のことはよく知ってるもの」

「じゃ、行ってやれよ。お前を頼りにしてるんだ」

「だけど——」

「俺も行く。それならいいだろ?」

正直、兄の所のもめごとに、明男を引張って行くのは気が進まなかったが、そんなことは言っていられない。

「じゃ、付合《つきあ》わせてやる」

と、爽香は言っていた……。


「——悪いわね」

と、爽香は言った。

「いえ、構いませんよ」

ハンドルを握っているのは麻生である。「車を返す前で良かった」

ワインを飲むので、明男も車で来ていない。爽香は麻生に電話して、送ってもらうことにしたのだ。

「向うに着いたら、待ってなくていいからね」

と、爽香は言った。

「平気ですよ。チーフを置いて帰ったら、家内に叱《しか》られます」

麻生の言葉を聞いて、明男はちょっと笑った。

「いい奥さんだね」

「ええ。何しろチーフのおかげで知り合ったんですから」

爽香は苦笑して、窓の外を見ていたが……。

「――麻生君」

「はい」

「君に、ちょっと頼みたい仕事があるんだけど」

「何でも言って下さい」

「私の個人的な頼みなの。他の社員には絶対に他言しないで」

「――何ですか、一体？」

爽香は、少し難しい顔をして、

「ある社員の私生活を調べてほしいの」

と言った。

「分りました」

「給料に似合わないぜいたくをしてるとか、賭《か》けごとに熱中してるとか……。そういうことがないかどうか」

「つまり……金づかいが荒いってことですね？」

「何もなければいいんだけどね」

「誰を調べるんですか？」

爽香は、ちょっと息をつくと、言った。

「プロジェクトのスタッフの、寺山雄太郎さんよ」

3　秘密

「ほら、どうだ！」

と、明男が声を上げると、

「だめだよ、そっちに行っちゃ！」

と、涼が笑い声をたてて、「運転、下手だなあ！」

聞いていて、爽香がふき出した。

「運転のプロもかたなしね」

「ごめんなさい。――涼！　だめよ、おじちゃんに変なこと言っちゃ」

と、綾香が叱ったが、TVゲームに夢中の弟の耳には入っていないだろう。

「いいのよ」

と、爽香は言った。「瞳ちゃん、寝かして来たら？」

「うん。あの子、すぐ寝るから」

綾香は立ち上って、「爽香おばちゃん、もう少しいてくれる？」

「お風呂《ふろ》、入ろう」

綾香は、もう大分眠たげにしている瞳をTVの前から立たせると、

「じゃ、すぐ戻る」

と、手を引いて行った。

「うん、いいわよ」

——爽香が兄、杉原充夫の家へやって来たのは、夜の九時半を回っていた。

途中で買ったケーキを、子供たちは喜んで食べた。——今はコンビニなどでいつでもお弁当を買えるが、両親が本来ならちゃんと一緒にいるはずの家で、子供たちだけがお弁当を食べているというのは、やはり侘《わび》しい光景だった。

明男は涼の相手をして、TVゲームに付合っている。

涼が、ゲームを一つ終《おえ》ると、

「ジュース飲んでくる！」

と、台所へ行った。

「ああ、疲れた」

と、明男が伸びをする。「本物を運転するより大変だ」

「ご苦労さま」

と、爽香は言った。「無理しないで。あの子、一人で遊んでるわよ」

「うん。——しかし、お父さんもお母さんも帰って来ないって、どうなってるんだ？」

「私が言ってもだめよ」

爽香は肩をすくめた。

「綾香ちゃんはしっかりしてるなあ」

と、明男は感心している。

「そうね。でも——可哀《かわい》そう」

綾香はもう十七歳だから、ある程度母親の代りくらいはやれて当り前とも言えるが、本当は気の弱い、甘えん坊なのだ。

小さいころから綾香を見て来ている爽香には、そのことがよく分っている。綾香が、

「私は長女なんだから、長女らしくしなきゃいけないんだ」

と、いつも自分に言い聞かせていることも。

それは決して楽なことではない。——人間は努力すればどんな風にでもなれるというわけじゃないのだ。

人それぞれ、性格というものがある。

「無理してるのよ、あの子。相当にね」

「そうかな」

「その内、爆発しないといいんだけどね」

——綾香が一番安心して話のできるのが、叔母の爽香である。

それが分っているから、できるだけ話し相手になってやりたいと思うのだが、何といっても爽香には時間がない。

今夜も、綾香は何か話したそうにしているが、言い出せずにいる。

爽香にはそれがよく分る。おそらく、弟や妹の耳に入れたくないことなのだ。

二十分ほどして、綾香が戻って来た。

「涼、お風呂入って寝るのよ」

「まだ早いよ」

「ちっとも早くないわよ！　さ、TV消して、お風呂に入ろう」

綾香はバスローブを着て、頰《ほお》を真赤にしている。弟と妹をお風呂へ入れるのも、綾香の「仕事」になっているのだろう。

「だって、パパもママも帰って来ないじゃないか」

涼はTVゲームを一人でしながら言った。

「涼ちゃん」

と、爽香が近くへ寄って、「おばちゃんと入ろうか」

「やだ、女なんかと入るの」

と、口を尖らす。

「涼ったら。いつも私と入ってるじゃないの」

「よし！」

と、明男が立ち上って、「じゃ、男同士で入るか」

「うん」

涼が嬉《うれ》しそうに言った。

「すみません！　――涼、自分のバスタオル、分るわね？」

「分るよ！」

もう返事はお風呂場の方からだ。

「明男さん、タオル、そこの白いの、使って」

「ああ、大丈夫だよ」

と、明男の声も、もうお風呂の中で響いている。

すぐにバシャバシャとお湯のはねる音が聞こえて来た。

「――本当に、生意気なんだから」

と、綾香が笑ってから、「明男さん、忙しいんでしょ？　ごめんなさい」

「いいのよ、あれぐらい。それより、もう十歳でしょ、涼ちゃん。お風呂ぐらい一人で入れるわよ」

「うん……。でも、あの子、お父さんと入りたがるの」

と、綾香は言った。「たいてい帰りは夜中だから、私が入れるんだけど」

綾香は暑そうに息をついた。

バスローブの裾《すそ》がめくれて、白い太腿《ふともも》が光った。——爽香は、もうこの姪が大人の体になっているのだと思った。

同時に、つやつやとした滑《なめ》らかな肌は、十七歳という若さならではだ。

「ね、おばちゃん」

と、綾香は言った。「お父さんとお母さん、離婚するかもしれない」

「そんな話、してるの？」

「よく喧嘩《けんか》してるときには『出てけ』とか『出て行く』とか言うんだけど……。最近、ピタッと言わなくなったの」

言わなくなったから「危い」という綾香の直感は鋭い。十七歳の女の子にそう思わせる親も困ったものだが。

「仲良くなったわけじゃないのね」

爽香は、分り切ったことを一応言ってみた。

「ほとんど口きかない」

これでは確かに絶望的だ。

「でも、お母さんまで、どうしてこんなに帰りが遅いのかな」

と、爽香は言ってみた。

きっと綾香は何か知っているのだ。

「あのね――」

と、綾香が言いかけたとき、手もとのケータイがメロディを奏でた。

「お母さんだ」

いつも、手もとにケータイを持っている。それが爽香の目には哀しかった。

「――もしもし。――うん。食べたよ、近くでお弁当買って。――そう。――分った。お父さん、まだ帰って来てない」

と、綾香は言って、「瞳はもう寝かせた。あのね、爽香おばちゃんと明男さんが来てくれてるの。――うん、明男さん、今涼とお風呂に入ってる」

爽香には、義姉《あね》の則子がそれを聞いて喜ぶとは思えなかった。しかし綾香は、

「ちょっと待って」

と、自分のケータイを爽香の方へ差し出した。「お母さんが、替ってって」

爽香はケータイを受け取った。

「もしもし。――あ、爽香です。主人とお邪魔してます」

「ごめんなさいね。もうじき着くと思うの」

「タクシーですか」

「ええ。――じゃあ」

爽香は、則子から文句を言われなくてホッとしたが、それは逆に、綾香の直感の正しさを語っていた。

「確かに、お母さんもおかしいね」

「おばちゃんもそう思う？」

「うん」

綾香へケータイを返しながら、「何か知ってるの？」

と訊く。

「お母さん、浮気してるの」

別に驚かなかった。

則子にしてみれば、夫の充夫が散々《さんざん》浮気をくり返して来たのだ。文句を言われることはないと思っているだろう。

「確かなの？」

と、爽香は念を押した。

綾香は肯いて、

「だって、お母さん、ちっとも隠そうともしてないもの。相手の人、松橋《まつはし》っていって、お母さんの通《かよ》ってるエアロビの教室の人」

あまりにありそうな話で、爽香としてはため息でもつくしかない。もちろん則子にしてみれば「真剣な恋」なのかもしれないが。

「いつごろから？」

「たぶん……今年の春くらいじゃないかなあ。去年の秋から通い始めたの」

「松橋って人、若いの？」

「特に若くないと思う。——先生じゃなくて、教室をやってる人。何て言うのかな……」

「経営してる、ってこと」

「うん、そう」

してみると、家庭を持っているかもしれない。——則子とも、「遊び」と割り切って付合っているのなら……。

だが、問題は則子の気持だ。

「——お父さんも知ってるのね」

「うん」

「何か言ってる？」

「何も。お父さん、却《かえ》って気楽なんじゃない？」

——兄、充夫は会社をリストラされ、半年近くぶらぶらしていたが、さすがにお金がなくなって来て焦《あせ》ったのか、昔の友人のコネで小さな会社の営業マンになった。

いい加減だが、ふしぎと人当りのいい充夫には向いているらしく、ここしばらくはまともに働いているようで、爽香も少し安心していた。

もっとも、爽香が立て替えた借金は全く返していない。返す気もないのだろう。

「困ったね」

と、爽香は首を振って、「でもね、綾香ちゃん。親は親、あなたはあなたよ。お父さんにもお母さんにも、腹が立つかもしれないけど、自分をだめにしないでね」

「――うん」

と、綾香は肯いて、「涼も瞳もいるし。私、忙しくって、グレる暇がない」

爽香は姪の手を取って、軽く握った。

「でも……」

と、綾香の表情が曇った。

「――どうしたの？」

綾香が口を開く前に、

「ただいま」

と、玄関で声がした。

「お父さんだ」

綾香が立って、駆けて行く。

「誰か来てるのか？――何だ、爽香か」

充夫が顔を出し、「よう、亭主もか」

「今、涼とお風呂に入ってる」

と、綾香が言った。「お父さん、何か食べる?」

「いや、飯は食って来た。営業なんでな。接待も多いんだ。大変だよ」

充夫は赤い顔をして、酒くさかった。ネクタイをむしり取るように外すと、

「おい、水持って来てくれ」

「うん」

綾香が台所へ行く。

「――気がきくだろ。女房よりよっぽど役に立つ」

と、充夫は笑って言った。

「子供たちだけにしちゃ、可哀そうよ」

と、爽香は言った。

「則子に言ってくれ。毎日夜遊びだ。誰が金を稼いでるのか、考えもしないで」

兄に何か言えば、すぐ喧嘩になる。爽香は綾香の前で兄妹喧嘩したくなかった。

「則子さん、もう帰るでしょ。さっき電話あったよ」

「そうか。――ベビーシッターに来てくれたのか。悪いな」

「私が電話しちゃったから」

と、綾香が水のコップを充夫に手渡す。

「――お帰り！」

お風呂を上った涼が、パンツ一つで駆けて来た。

「やあ、ちゃんと温まったか？」

充夫は涼を抱き上げて、膝《ひざ》の上にのせた。

「パジャマ着ないと、風邪《かぜ》ひくわ」

と、綾香が涼に言った。

「――やあ、今晩は」

明男が、少しのぼせた顔でやって来た。

爽香は立ち上って、

「兄さんが帰って来たから、こっちも失礼しよう。――明日も朝早いんだ」

「ああ、悪かったな」

充夫は珍しく玄関まで送りに出て来た。

爽香にも、借金のことがあるので、妙に愛想がいい。

「それじゃ」

と、爽香は言って、充夫の後ろに立っている綾香へ手を振った。

表に出ると、車がやって来た。

「チーフ、送りますよ」

「麻生君、まだ待ってたの？」

爽香はびっくりした。

せっかくなので送ってもらうことにして、車が走り出すとすぐに、タクシーとすれ違った。

「則子さんだわ」

と、爽香は言った。

「今のタクシー？　一人じゃなかったな」

「男の人が一緒だった。よく見えなかったけど」

「この時間まで？」

爽香は、綾香から聞いた話を明男に伝えた。

「大変だな、あの家も」

と、明男は苦笑した。

「そうね。でも……」

「何だい？」

「綾香ちゃんが、何か話したそうにしてたの。ちょうどお兄さんが帰って来たんだけど。――ちょっと気になる」

「また何かあれば言って来るさ」

「そうね。――こっちも大変なんだし」

運転している麻生が、

「チーフ、お宅まで眠ってて下さい。少しかかります」

と言った。

「ありがとう。悪いわね、遅くまで」

と言って、爽香は明男の方へもたれて目を閉じると、すぐに寝入ってしまった。

4　輪から外れて

厚子《あつこ》はそっと腕時計へ目を落とした。

もう三十分はたっていると思ったのに、時計の針は七、八分しか進んでいない。

時計が故障したんじゃないかしら。——厚子はそう思ってみたりしたが、本当のところ、まだまだ一時間は長いのだと分っていた。

「もう、本当にベニスじゃひどい目に遭《あ》ったわ。膝くらいまで水が来ちゃってね」

「私の行ったときは大丈夫だったわ」

「冬のヨーロッパは寒くてね」

居並ぶ奥さんたちが、その言葉に一斉に肯く。

「そうね。今はほら、毛皮のコートなんか着てると、動物愛護団体から文句言われたりするしね」

「そうそう。ああいうのって変よね。鹿《しか》だのウサギだの、どんどん撃って食べてるくせに——」

毛皮のコート。冬のヨーロッパ。ベニス。オペラ。美術館……。

どの話を聞いても、厚子にはさっぱりイメージが湧《わ》かない。

ただ黙って聞いているしかないのだ。

もし誰かが、

「寺山さんは海外へはどれくらい行ってらっしゃるの？」

とでも訊いて来たらどうしよう、とびくびくしているのだが、幸い、誰も厚子に話しかけて来たりはしない。

むしろ、「私の話を聞いて！」と言いたい人がほとんどなのだ。

それでも、十五人の中で、特別話題が豊富だったり、付合《つきあい》が広かったりする三、四人が話の六、七割を占めている。

――〈母親ランチの会〉。

誰呼ぶともなく、この会合はそういう名前になっていた。

寺山厚子は、娘の恵《めぐみ》を私立のS女子学園に通わせている。――一人っ子の恵は、おとなしい性格なので、私立の女子校に、と思ったのだ。

運よく合格し、恵もS女子学園に喜んで通っている。その点では本当に良かったのだが……。

大変なのは、「母親同士の付合」だった。

厚子は高校までずっと公立に通い、大学は女子短大だった。小学校からの私立校の雰囲気というものに、全く無知だったのである。

この〈ランチの会〉は、同じクラスの母親たちで、月に一回、フレンチやイタリアンの店のランチを食べながら、

「クラスでの子供たちについて」

話し合う、という趣旨だった。

しかし、実際には学校の話など出たこともない。

「この間、いい化粧水を見付けたの」

とか、

「限定のブランド品が必ず手に入るのよ。よかったらご紹介するわ」

という話……。

そんな話に、厚子はどうやって入っていけばいいのか、見当がつかなかった。

このランチにしても、ワインを飲んだりすると、六、七千円もとられる。

お昼ご飯に六千円?

最初、厚子はびっくりして、出席しないことにしようと思った。しかし、割合親しくしている奥さんが、

「これは絶対出なきゃいけないのよ」

と、忠告してくれたのである。

——幸い、経済的には余裕があった。

夫、寺山雄太郎は〈G興産〉に、もう二十年近く勤め、今はケア付の高齢者向けマンションの計画に加わっている。

連日の残業で、夫はほとんどまともな時間には帰って来ないが、その分、残業手当がかなり付き、恵のおこづかいも大分アップしていた。

正直、「お金を出せばすむ」ことなら、厚子にとっては気が楽だった。

そして、メンバーの中でも至って地味で目立たない厚子は、それ以上のことを求められたりしない、と思っていた……。

「――そろそろお開きにしましょうか」

と、口を開いたのは、この中でもリーダー的な存在の、笑野聡子《えみのさとこ》だった。

少し年長で、たぶん四十五、六になっているだろう。

服装も、いつもシャネルのスーツに、どう見ても本物のダイヤを胸もとに光らせていた。

厚子にとって、一番この中で気易く話のできる井上香代子《いのうえかよこ》が教えてくれたところでは、笑野聡子は父親が国会議員で、夫はどこだかの社長だということだった。

確かに、笑野聡子には、

「周りが自分を立ててくれて当り前」

と思い込んでいる風があった。

「――じゃ、会費を集めます」

会計係の役回りの奥さんが、テーブルを回って、お金を集める。

こういうときも、たとえば一人あたり六千八百円とすると、七千円出して、

「おつりは結構でございます」

と言うのが慣例だった。

もちろん、厚子もいつも通りに支払って、

「——じゃ、次の会のお店は、どなたに決めていただこうかしら」

という笑野聡子の声を、何気なく聞いていた。

「今日はとてもいいお味だったわ」

「本当に。ワインも上等だったし」

と、口々にほめる。

少し間があって、

「——寺山さん」

と、聡子が言った。

初め、厚子は自分のことだと思わず、ぼんやりしていた。

しかし、みんなの目がこっちへ向いているのに気付くと、

「はい！」

と、あわてて返事をした。

「まだ、寺山さんには幹事をやっていただいてなかったわね。ぜひ次はお願いしたいわ」

一斉に拍手が起る。

厚子は青ざめた。——こんな高級なランチを出すような店など、全く知らない。

しかし、一旦《いったん》そう言われたら、断ることなどできないのだと、厚子にも分っていた。

「寺山さん、よろしいわね？」

と言われて、

「——かしこまりました」

と、頼りない声で言った。

「そうそう。次の会は、秋の文化祭のことがあるので、すぐ開かないとね。二週間後ということで」

みんな、一斉にバッグから手帳を取り出して、予定欄に記入する。もちろん厚子もメモした。

ランチの会は、そこで解散になった。

「——ねえ」

厚子は、井上香代子の腕をつかんで、「お願い、相談にのって！」

と、必死の思いで言った。

「ちょっと！」

スタジオの中に、栗崎英子《ひでこ》のよく通る声が響き渡った。

TVドラマのリハーサルが終ったところである。

下町風の日本家屋の茶の間のセット。

「この子の衣裳《いしょう》、誰が決めたの！」

英子は、孫の役を演じている南果林の肩に手を置いて言った。

「あの——何か？」

あわてて駆けつけて来たのは、このドラマのプロデューサーだ。

「あのね、この子は下町の雑貨屋の子でしょ？　こんな、一目で高級ブランド子供服と分るものの着せて、どうするの」

と、英子は言った。

「はあ……」

「スターとしての果林ちゃんなら何を着てもいい。でも、ドラマの中では役にふさわしいものを着なきゃ。もっと安物の、着古したスカートとセーターを捜して」

「はい！」

プロデューサーが、あわててセットから飛び出して行く。

英子は果林の方へ、

「おばあちゃんの言うこと、分るわね？　果林ちゃんはタレントじゃない。役者なのよ」

「うん」

と、果林は肯いた。「靴下も新品で真白すぎるね」

「そうね。その辺にこすりつけて、少し汚しときなさい」

「うん！」

果林が面白がって、セットの隅でドタバタやっている。

「——栗崎さん」

果林の母親、寿美代がやって来た。今は麻生と結婚している。

「あら、よく来られたわね」

「主人はどうせ遅いので」

と、寿美代は言った。「栗崎さんのおかげで、あの子も変に大人びた子にならずにすみます」

「でもね、七歳でこうしてTVドラマの収録に毎日通うなんて、もともと普通じゃないのよ」

と、英子は言った。「だからこそ、普通の子として扱わないと」

「はい。栗崎さんにお任せします」

「私はマネージャーじゃないわよ」

と、英子は笑った。「私はスターですからね！」

寿美代は、スタジオの隅に、ふと知った顔を見付けて、

「ちょっと失礼します」

と、セットから下りた。

忙しく動き回るスタッフの間を抜けて行くと、

「――やっぱり」

「やあ」

上野《うえの》がニヤリと笑った。「幸せそうだな」

「ええ、何とか」

「年下の旦那と、うまくやってるか？」

「私、上野さんに通知出さなかったと思うけど」

「俺は情報屋だぜ」

と、上野は言った。「果林ちゃんは、もうすっかり大スターだな」

「本人が楽しんでますから」

と、寿美代は言った。「――何かご用ですか？」

「いや、ちょっと――」

と言いかけて、「旦那は、あの杉原って女の秘書やってるのか、まだ」

「ええ。どうして？」

「そうか。――杉原って女、何となく気になってな」

上野の口調には、冗談めかしていても、どこか真剣な気配があった。

5　落し穴

「この間の雨の影響はどうだった？」

爽香の顔を見るなり、田端将夫《たばたまさお》が訊いた。

「この二、三日で、ほとんど取り戻したようです」

と、爽香は答えた。

「そうか。良かった」

田端は、社長室のソファにやっと寛《くつろ》いで、「何か他に問題は？」

「現場は順調です」

爽香は、〈レインボー・ハウス〉の建築現場から戻ったところである。

「君が目を光らせてくれてるからだ。ありがとう」

「とんでもない」

と、爽香は少し照れて、「あの現場監督、よくやってますよ。安全に凄《すご》く気をつかってますし」

「ああ、彼女か。何といったっけ」

「両角《もろずみ》さんです。両角八重《やえ》さん」

「そうそう。ちょっと珍しい名前だったな」

と、田端は肯いて、「君と気が合うんじゃないか？　几帳面《きちようめん》だろ」

爽香はソファにちょっとかけると、

「確かに合いますけど……。私、あの人ほど細かくありません」

「そうか？　僕の目にはそうでもないように見えるけどね」

と、田端は笑った。

田端の秘書がコーヒーをいれてくる。

「あ、もう行きますから――」

と、爽香が腰を浮かしかけると、

「まあ、コーヒー一杯ぐらい飲んで行けよ」

と、田端が言った。「席へ戻ったら、お茶も飲めないだろ」

「じゃ――いただきます」

爽香は、コーヒーに思い切りたっぷりと砂糖とクリームを入れた。

「内装についてのプランは固まったかい？」

「主に四タイプに分けました。木を多く使った落ちついた雰囲気、白壁のスペイン風の明るい部屋、モダンなメタリックな感じ。私は、あんまり好きじゃないですけど。——あと、和室です」

「和室は難しいな」

「ええ、洋風の間取りですから。廊下の印象と、和室の入口がちぐはぐにならないようにと思って。今、デザイナーに、いくつか描《か》かせています。満足できるデザインが出て来なかったら、他の人を当ろうと思っています」

「そのデザイン、上《あが》ったら僕にも見せてくれ」

「はい、もちろん」

爽香はコーヒーを飲んでホッと息をつくと、「お母様はいつお帰りですか?」

「今日帰るよ。もっとのんびりしてくれればいいと言ったんだが」

「お母様には、お休みを取っておられる方がストレスになるんですね」

田端将夫の母、田端真保《まほ》は、去年大腸のガンで手術を受けたが、今はもう体重も戻って、〈レインボー・プロジェクト〉のパトロン的存在として駆け回っている。

その真保へ、

「たまには温泉にでも行かれて下さい」

と、お膳立《ぜんだて》したのは他ならぬ爽香である。

真保はブツブツ言っていたが、爽香の言うことはよく聞く。この五日間ほど、温泉で骨休めしていた。

「色々お袋に気をつかってくれて、ありがとう」

と、田端が言った。

「とんでもない！　こちらとしても、真保様にお元気でいていただかないと」

「祐子《ゆうこ》がね……」

と、田端はちょっと表情を曇らせて、「どうもお袋とうまくやれない。まあ、正面切って喧嘩はしないが、どうもギクシャクしてるんだ」

「嫁姑《よめしゅうと》なんて、どこでもそうですよ。社長は祐子さんの味方をしてあげなくては。後でお母様にそっと謝っておけばいいんです」

「頭では分ってるんだが……。僕も、意外にマザコンなのかな」

「でも、真保様がその辺のこともわきまえておられますから」

なぜか真保は息子の嫁より爽香のことを気に入っている。それは祐子にとっては面白くないことだ。

爽香は田端とも必要以上に近付かないよう気を付けていた。

「――ごちそうさまでした」

と、爽香は立ち上って、「お母様によろしくお伝え下さい」

と、一礼して社長室を出た。

プロジェクトルームへ戻ろうとしていると、途中で、

「あ、チーフ」

と、声をかけられた。

「寺山さん、どうしたの？」

寺山雄太郎がコートをはおりながら、やって来る。

「カーペットの素材のことで」

と、寺山は言った。「いくら電話で話してもらちが明かないものですから、ちょっと行って来ます」

「ご苦労さま」

「もう少し、値段も何とかなると思うんですけどね」

「でも、質を落とさないで下さいね」

と、爽香は言った。「納得のいく値段なら払いますから」

「分ってます」

「頑張って」

と行きかけた爽香へ、

「新しいポスター、見ました」

と、寺山は声をかけた。

「いいですよ。垢抜《あかぬ》けてますし」

「どう思いました？」

「良かったわ」

「宣伝しときます」

寺山は、エレベーターの方へと足早に立ち去った。

爽香は行きかけて、ふと足を止め、振り向いた。もう寺山の姿は見えない。

爽香はケータイを取り出して、秘書の麻生にかけた。

「麻生君、今どこにいる？」

「資料室です。今朝の件で――」

「今、寺山さんが外出するの。エレベーターに乗ってるころよ。尾行して」

「分りました」

「気付かれないように用心してね」

――爽香は通話を切って、ちょっと周囲を見回した。

気が重い。しかし、これも仕事だ。

寺山は普段、あまり口数の多くない人間である。営業にいたときは三か月で胃をやられた。

今、〈レインボー・プロジェクト〉で、資材の選定を担当している。細かい仕事で大変だと思うが、当人には向いているようだ。

カーペットの素材について、このところ詰めの作業に入っているから、寺山がその件で出向いて行ってもふしぎはなかった。

しかし、行きがけに、ポスターのことをわざわざ爽香に話して行ったこと。――あれは寺山らしくない。

話の中身でなく、行きかけた爽香を呼び止めもせず、いきなり話を始めたのが、寺山らしくなかったのである。

いつもの寺山なら、

「あ、それから、チーフ――」

と、声をかけ、爽香が振り向くのを待って話し始めただろう。

人は何か後ろめたい気持があると、ついいつもと違うことをする。嘘《うそ》をついた相手に、その償いをしようとするのか、何か喜ばれそうなことを言うのだ。

もちろん、今の寺山が必ずそうだというわけではない。たまたまのことかもしれないのだが……。

むしろ爽香自身は、それが「考え過ぎ」だったら、と願っているのだ。

「――あ、もしもし」

廊下に、聞き慣れた声がした。

爽香は足を止めた。荻原里美が廊下に出て来て、ケータイで話しているのだ。

爽香の方へ背中を向けているので、聞こえていることに気付いていない。

「うん、大丈夫よ。——じゃ、時間が分らない？　——分った。連絡、待ってればいいのね」

爽香は、里美が恋をしているということに、初めて気付いた。あの話し方は、男が相手だろう。

そうか。もう十九だもの、おかしくない。

「——でも、できるだけ早くね。——うん、それじゃ。行ってらっしゃい」

里美は通話を切ると、戻ろうとして爽香に気付いた。

「あ、爽香さん」

「内緒の話？」

「そんなんじゃありません。失礼します」

いつになく素気《そっけ》なく言って、里美は足早に行ってしまった。

立ち聞きするつもりではなかったが、聞こえてしまった。里美が少々ムッとしても当然のことだ。

それにしても、頰を真赤にしていた様子は、間違いなく好きな男と話していたのだろう。

「人の恋路には口を出さない、と」

と、ひとり言を言って、爽香はプロジェクトルームの自分の席へ戻った。

そして、ふと思い出した。

里美は最後に、

「行ってらっしゃい」

と言っていた。

今、相手がちょうど出かけようとしていたのか。——寺山のように?

「まさか」

と、爽香は呟いた。

むろん、出かけるといっても、このビルからとは限らないわけだが……。

だが、直感的に、里美が寺山に恋しているのかもしれないと爽香は思った。

そうであってもふしぎではない。

里美は父親がいない分、男性の中に「父」を求める傾向がある。そして、寺山はあまり遊び人という雰囲気でもなく、やさしい。

里美が憧《あこが》れてもおかしくないと思える。

——寺山には妻子がある。

だが、十九歳の里美にとって、一旦好きになってしまえば、そんなことは何の問題にもならないだろう……。

自分の思い過《す》ごしであってほしい。——爽香は心からそう願った。

「チーフ、メモ見ていただけました?」

という声に、爽香はハッと我に返った。

「ごめん！　どのメモのこと？」

爽香のデスクの上には、五つのメモが並んでいたのである。

これは悪いことじゃないのだ。

寺山は、その理由をいくつも挙げることができた。

「――もしもし」

「あ、雄ちゃん。待ってたのよ、電話」

「遅くなってごめんよ」

と、寺山雄太郎は言った。「仕事が長引いてね」

「いいよ。大人だもん。しょうがないよね」

と、その明るい声は言った。「今、どこなの？」

「外を歩いてる。学校は？」

「もう終ったよ。今日はクラブもないし」

「そうか。――会う時間はあるかい？」

「うん。私、六本木のね、〈M〉ってお店でワッフル食べたい。今月号の雑誌に出てたの」

「ここからなら十分くらいで行く。どの辺にあるの？」

寺山は足を止めた。地下鉄の入口まで来ていた。地下へ入ると電波が届きにくくなるかもしれない。

「――大体分った。捜して行くよ」

「うん。私も十五分くらいで行けると思う」

「じゃ後でね」

寺山は通話を切って、地下鉄の駅へと階段を下りて行った。弾むような足どりだった。

――これは悪いことなんかじゃない。

そうだとも。こんなに楽しくて、幸せになれることなのに、「悪いこと」のはずがない。

自分だけではない。あの子だって、純粋に寺山との時間を楽しんでいる。

これはただ単に、年齢《とし》の離れた「友だち同士」ということだ。

地下鉄のホームへ入ると、寺山はチラッと腕時計を見た。

チーフの杉原爽香に言ったことは嘘ではない。カーペットの業者との話し合いに出向くのである。

ただ、少し早目に社を出て、ちょっと寄り道をするだけだ。特別社に迷惑をかけるわけでもない。

そうだ。――俺は何も悪いことなんかしてないんだ。

寺山は、この理屈で充分に納得していた。

電車がやって来る。

もう寺山の頭には、「いいことか悪いことか」という問いかけすら、浮んで来なかった……。

6　少　女

少女の声は、にぎやかな女性たちのおしゃべりの騒音に埋《うも》れて、寺山の耳に届かなかった。

「――今、何て言ったんだい？」

と、寺山は隣のテーブルの女子大生らしいグループが少し静かになってから訊いた。

「あ、耳、遠くなった？」

智恵子《ちえこ》はからかうように言った。

「いや、ちょっと隣がうるさくてさ」

「知ってる。冗談だよ」

と、智恵子は笑った。

「まだ、僕はそんな年寄じゃないよ」

「うん、雄ちゃん、若いよね。四十過ぎに見えない」

高校一年生、十六歳の少女にそう言われても、喜んでいいものやら、寺山は迷った。

柳井《やない》智恵子は、その名前のように少し古風な印象の面立《おもだ》ちである。可愛いというより整った美人。

それでいて、笑顔はあどけない。

「それで——『お願い』って何なの？」

と、寺山は訊いた。

智恵子が、

「お願いがあるんだけど」

と言っていたところまでは耳にしていたのだ。

「やっぱり悪いからいい」

と、智恵子はワッフルを食べて、「——おいしいね、これ」

「ああ。僕には体に悪そうだが」

寺山も、何となく智恵子と同じものを頼んでいた。

「——言ってごらん。僕にできることならやってあげる」

智恵子は、これまで無茶な頼みや、甘えた願いは決して口にして来なかった。

「二万円、貸してくれないかなあ」

と、智恵子は言った。「でも、返すの、いつになるか分らない」

「二万円か。——貸してもいい。いや、あげたっていいけど、どうするんだい？　買物？」

「今度の土曜日、テツヤの誕生日なの」

〈テツヤ〉が、智恵子の一つ年上のボーイフレンドであることは、寺山も知っていた。智恵子の話の中に、ちょくちょく出てくる。

しかし、もちろん寺山は会ったことがないし、〈テツヤ〉がどういう字を書くのかも知らなかった。

「そうか。じゃ、何かプレゼントを買うんだね？」

寺山は札入れを取り出して、一万円札を二枚抜いた。「――さあ、とっておいて」

「ありがとう！」

智恵子は心から嬉しそうに言った。

その笑顔を見ただけで、寺山にとっては、二万円をはるかに越える価値があったのである。

智恵子は、二枚の一万円札を小さく折って、自分の財布に、ていねいにしまった。

「テツヤ君に何を買うんだい？」

寺山は単純な好奇心で訊いた。今どきの若い子は、好きな相手に何を贈るのだろう？

だが、智恵子は首を振って、

「品物をあげるんじゃないの」

「それじゃ、どうするんだ？」

「前から約束してたの。今度の誕生日に私をあげる、って」

智恵子は、至ってあっさりと言った。「そのホテル代。ちゃんとしたホテルに泊りたいもの」

寺山は、しばらくの間、智恵子の言っていることがよく分らなかった。

だが、いやでも分ってしまう。当然のことだ。智恵子は少しも照れず、後ろめたそうにもしないで、そのことを言ってのけた。

「——そうか」

やっとの思いで、言葉を押し出した。「大丈夫なのかい？　お宅で心配しない、泊ったりして」

「その辺は友だちとお互いに助け合ってる。アリバイ作りでね」

智恵子は、少しも悪びれずに説明した。

寺山は、自分の動揺が顔に出ていまいかと心配だった。

もちろん、今の少年少女の性体験の年齢が早いことは寺山も承知している。

しかし、この柳井智恵子は別だと思っていたのだ。何も根拠があったわけではない、ただ、「考えたこともなかった」のである。

しかし、ここで怒ったり叱ったりしたら、すぐに嫌われるだろう。——「もの分りのいいおじさん」を演じるのだ。

「そうか」

寺山は、自分のコーヒーのカップを持ち上げて、「おめでとう」

と、ニッコリ笑って見せた。

「ありがとう。——でも、誕生日はテツヤの方だよ」

「僕のことは知ってるの？」

「話してない」

当然だろう。寺山にしても、話してほしいわけではない。

だが——。

いっそ何も知らなければ。

しかし、一旦聞いてしまったものを、消し去ることはできないのだ。

今度の土曜日、智恵子はテツヤと寝るのだ。

寺山は、その光景を生々しく思い浮かべてしまうのを、止められなかった。

——柳井智恵子の着ているブレザーの制服。それは、寺山の娘、恵が何年か後に着ることになるものだった。

智恵子は、同じS女子学園の高校生なのである。

その意味では、「危険な付合」だった。

しかし寺山にとって、今の今まで、「本当の危険」はむしろ、里美との仲だった。

この柳井智恵子とは、「清い関係」なのだと納得していた。

だが——今となっては、このまだ幼い体が、テツヤとかいう男の子のものになると想像してしまう。それは嫉妬《しっと》の痛みで、寺山を苦しめた……。

それくらいに見えましたとしてまあ

「女子高校生？」

と、爽香は言った。「確かに？」

「ええ」

車を運転しながら、麻生が肯く。「たぶん一年生くらいじゃないでしょうかね。十六歳……。それくらいに見えました」

車は夜のオフィス街を抜けつつあった。

「寺山さんが女子高校生とね……」

と、爽香は呟いて、窓の外の暗い風景へ目をやった。

「でも、女の子たちの一杯いるワッフルの店で、一緒にワッフルを食べただけでした」

と、麻生は言った。「僕も、その店に入ったんですが、あんまり近くに座ったら寺山さんに気付かれると思い、離れて座ったんです。それで、話の内容までは分りません。二人は一緒に店を出ましたが、そこで別れて、寺山さんはカーペットの業者を訪ねて行ったんです」

「つまり、寺山さんは、その女の子と話をしてただけってことね」

「それと、他の客のかげになって、よく見えなかったんですが、寺山さんが札入れを出して、一万円札を何枚か、女の子へあげたようでした」

「お金を？」

「ええ」

爽香は少し考えていたが、

「――分ったわ。ありがとう」

と言って、窓の外へ目をやった。

――麻生に尾行させたことは、正しかったのかどうか。

しかし、仕事での外出で、女子高校生と会っていたというのは、どう見ても普通ではない。

「また、機会を見て、調べてみてちょうだい」

と、爽香は言った。

「分りました」

と、麻生は肯いた。

車が赤信号で停《とま》った。

爽香は、隣の車線に車が並んで停るのを、視界の隅で何となく見ていた。

赤信号が長く感じられる。

爽香の目が、隣に並んだ車の方へ、何気なく向いた。

その車を運転している男の横顔が見える。

信号が青になり、車が走り出す。

隣の車が、少しの間並んで走っていたが、やがてスピードを落とし、歩道のそばへ寄せて停った。

「麻生君、ちょっと車を停めて」

と、爽香は声をかけた。

「はい。――どうかしましたか」

麻生は強引に車線を変更して、道の端へと寄せた。

「ここで待ってて」

爽香はそう言って、車を降りた。

道を戻って行く。――さっき隣にいた車が見えていた。

運転していた男の姿はなかった。降りてどこかへ行ったのだろうか。

「――余計なことだわ」

と、自分で呟く。

やめておこう。大体、チラッと横顔を見ただけだ。本当に、あの男だったかどうかも定かでない。

しかし、思いとは裏腹に、爽香はその辺を見回して、男の姿を捜していた。

小さなレストランやバーがある。そのどこかに入ったのか？

爽香は、細いわき道を覗《のぞ》くと、そこを少し入ってみた。

――やめておいた方が。

そう忠告する声も、もちろん爽香自身のものだったが、それを無視して道を進む。

——もうやめよう。

引き返すんだ。

そう決心して足を止めたとき、

「忘れろ、と言ったはずだ」

という声がした。「振り向くな」

この声だ！——爽香は青ざめた。

「すみません。見かけた気がしたので、つい……」

「一一〇番しようっていうのか」

「違います。ただ——気になったんです」

少し間があった。

「まあいい」

と、男は言った。「お前はもの分りのいい奴だと思ってる。しかしな、お前に顔を見られた俺にとって、お前は生かしとけない人間なんだ」

爽香は黙って立っていた。

——あの男。

河村の娘、あかねを誘拐した佐藤《さとう》を、目の前で殺した男だ。

爽香は、この男と会ったことを、警察へ話さなかった。

そして今——見かけて、ついこうしてやって来てしまった。

「——まあいいだろう」

と、男は言った。「今度は見逃してやる」

「すみません」

爽香は息をついた。

「またこんなことがあったら、殺すぞ」

「分りました」

「振り向くな」

というと、男の足音が遠ざかって行く。

そして、車の音。

爽香はやっと振り向いて、もうその男がいなくなったのを確かめた。

——麻生が心配そうに車にもたれて立っていた。

「どうしたんです?」

と、戻って来た爽香へ訊く。

「何でもないの」

爽香は車に乗って、目を閉じた。

車が走り出す。

何かふしぎな印象があった。

あの男は、初めから爽香を殺すつもりはなかったのではないか。

爽香には、そう思えてならなかった。

7　土曜日

「あなた」

厚子は、リビングのTVを眺めている夫へ声をかけた。

「──何だ?」

寺山が訊き返すまで、少し間があった。

「出かけて来るわ」

厚子は、きちんとスーツを着込んでいる。

「どこへ行くんだ、そんな格好で」

「ランチを一緒に。井上さんと」

「ランチ?」

「話したでしょ。今度の〈ランチの会〉の場所、私が決めなきゃいけないの。井上さんと行ってみないと……」

「大げさだな。適当に決めときゃいいじゃないか」

「そうはいかないのよ。ともかく味にうるさい人ばっかり揃《そろ》ってるんだから」

と、厚子はため息をついて、「私一人じゃ、料理の味だの、ワインの質だの、判断できないから、井上さんに付合っていただくの」

寺山は関心を失《な》くしたように肩をすくめた。

「——あなた、今日はずっと家にいるのね」

土曜日である。会社は休みだ。

「どうしてだ？」

「夕方には帰るけど、恵が帰って来たとき、誰もいないと——」

「ああ、いるよ」

と言ってから、「もしかすると、夕方から出かけるかもしれない」

「どこへ？　お休みでしょ？」

「現場は働いてる。もしかするとチーフから呼び出しがかかる」

「でも——恵をあんまり一人にしないで。私が帰ってから出かけて」

「ああ、そうするよ」

「お願いね。それじゃ……」

厚子は、玄関へと急いだ。

——夫に言っておこうと思っていたのだが、つい言いそびれた。

今日のランチは、井上香代子の分も自分が払わねばならない。こっちが頼んで付合ってもらうのだから当然のことだ。

しかし、夫は細かいことにうるさい性格だった。余計なことを言って、夫とやり合っていたら、井上香代子との待ち合せに遅れそうだ。

これくらいのこと、いちいち夫に断るまでもあるまい……。

厚子は急いで玄関を出た。

——玄関のドアが閉り、鍵《かぎ》のかかる音がして、寺山は少しホッとした。

正直なところ、妻がどこへランチを食べに行こうと、今日の寺山にはどうでもいいことだった。

TVを見ていたが、何をやっているのか、さっぱり頭に入って来ない。

どうやら、二時間もののサスペンスドラマらしいのだが、誰が誰を殺そうとしているのやら、そんなことはどうでも良かった。

ただ、ドラマの中で、柳井智恵子と似たブレザーを着た女子高校生が出てくると、寺山の胸は鋭い爪《つめ》を立てられるように痛んだ。

今日は、智恵子の「彼氏」である〈テツヤ〉の誕生日だ。

智恵子は「誕生日プレゼント」に、自分を〈テツヤ〉へあげる。ホテルで〈テツヤ〉に抱かれるのである。

それを思うと、寺山はいても立ってもいられなかった。

もう二人は会っているのだろうか？　もうホテルの部屋へ入っているのか。

いや、まだ時間が早過ぎる。

ホテルのチェックインは午後三時ころだろう。今夜泊ると言っていたから、大方二人で映画でも見て、夕食をとって、それからホテルへ行くのだ。

寺山がやった二万円で、二人は一夜の楽しみを手に入れる。

「いかん……」

と、寺山は口に出して呟いていた。「そんなことはだめだ！」

その〈テツヤ〉が一体どんな男の子なのか、寺山は全く知らない。しかし、いずれにしても智恵子が自分の身を任せるにふさわしい男の子であるはずがない！

あの子は、あんなにも清らかで、神聖な子なのだ。ニキビ面の男の子が、智恵子の肌を撫《な》で回したりしていいものか。

そうだ。何とかしてやめさせなくては。

それが智恵子のためだ。あの子だって、分ってくれる……。

寺山はケータイを手もとに置いていた。

智恵子のケータイへは、直接かけない約束になっていた。連絡はメールだけ。

寺山は、メールを打ち始めた。――〈君はまだ若すぎる〉〈自分のことをもっと大事にしなくては〉……。

我ながらいやになるくらい、月並な言葉しか出て来ない。

〈よく考えて。彼が本当に君にふさわしい男の子かどうか……〉

——これを送信してしまっていいだろうか？

何の悪いことがあるものか！　俺は正しいことを言っているのだ。

やきもちなどじゃない。俺はあの子を抱きたいなどとは考えていない。俺はあの子にとって何が「いいこと」なのか、考えているのだ……。

しかし、寺山には分っていた。

このメールを送信することは、智恵子との付合を終らせる危険をはらんでいる、ということが。

寺山は智恵子にお説教めいたことを言ったりしない。ただ、智恵子が楽しそうに話してくれる日々の話題——友だちのことだったり、ＴＶドラマのことだったり、寺山には全く見分けのつかないアイドルスターのゴシップだったり——を、黙って聞いているだけだ。

寺山は智恵子の話を聞くというより、その声を聞いているのが快いのだ。明るい話し声。弾《はじ》けるような笑い声。

それが寺山を幸せな気分で満たしてくれる。

ただ、それだけだったら、寺山も飽きているだろう。智恵子は時に寺山をハッとさせるほど大人びたことを口にする。

きっと、智恵子も家庭に何かやり切れないような辛い事情を抱えているのだ、と思わせた。

いずれにせよ、寺山は智恵子のすることに干渉しないのをモットーにして来た。

このメールを読んで、智恵子がどう思うか、寺山にも全く想像がつかなかった……。

そうだ。——たとえ嫌われても、こっちの気持さえ通じれば……。

ケータイが鳴り出して、寺山はギョッとした。

ああ、荻原里美からだ。

少しホッとして、出る。

「もしもし」

「寺山さん？　里美です」

「やあ」

「ごめんね、休みなのに」

「いや、大丈夫だよ。今、家で一人だ」

「そう。——あのね、夕方、一郎の学校の用で出かけるの。もし、寺山さんが出られたらと思って……」

里美の控え目な言い方は、智恵子のことで頭が一杯だった寺山にとって、一陣の涼風のようだった。

そうだ。里美を抱くのも悪くない。

まだ男性経験の乏しい——というより、どう見ても寺山が「初めての男」に違いない里美は、ただ一途《いちず》に寺山へ想《おも》いを寄せている。

「——いいよ」

と、寺山は言った。「夕方なら、僕も出られる」

「良かった！」

里美の声が弾んだ。「じゃ、どこで？」

「そうだな……。五時ごろ〈P〉に行くよ。それでいい？」

「うん！」

里美は嬉しそうだった。

〈P〉は里美とよく待ち合せる喫茶店だ。コーヒーも紅茶も旨くない。ただ、二人がよく入るホテルに近いのだけが取り柄だった。

それに、里美に言わせると、

「こんなに何もおいしいもののないお店なら、会社の人も絶対来ない」

というわけだ。

「じゃあ、五時にね。でも——そんなに遅くなれないでしょ？」

「君だってそうだろ」

「七時までは大丈夫。一郎も、そう小さいわけじゃないから、ちゃんと一人で遊んでる」

「僕はそう急がないよ」

「良かった。少しゆっくりできるね」

――里美がどうして自分に惚《ほ》れているのか、寺山にはよく分らなかった。

そんなことはどうでもいい。里美は決してわがままを言わず、寺山が家庭を大事にするのにも協力してくれる。

「そうだ……」

通話を切ってから、寺山は改めて智恵子あてに作ったメールの文面を読んで、思った。

俺には里美がいる。智恵子とは、もともと男女の関係になることを望んではいない。

智恵子には智恵子の住む世界がある。

寺山は、自分が作ったメールを消去した。


「あ、爽香さん」

モデルルームから出て来た、作業服姿の女性が明るい笑顔になった。

「ご苦労さま」

と、爽香は返して、「晴れの日が続いて助かるわね」

「ええ、本当に。――でも、休みもないと人間、苛々《いらいら》して来ますよね」

と、両角八重は言って、「車じゃなかったんですか？」

「今日は土曜日だもの。休みの日に麻生君を使っちゃ気の毒でしょ。それに、駅からときどき歩いて来ないと、店が変ったりしてるし」

――〈レインボー・ハウス〉のモデルルームは、現場からほんの数十メートルの所に作られている。

新築のマンションでは、モデルルームが全く別の町にあったりする場合も珍しくない。色々事情はあるにせよ、見に来る側からすれば、現地とモデルルームを容易に両方見られるに越したことはないのだ。

「このところ、週末に見に来られる方が多くて」

と、両角八重は嬉しそうだ。「中、見ます？　家具を少し入れ替えてあります」

「ええ。ぜひ」

爽香も、むろんモデルルームに関する責任を負っている。しかし、現実にはそうしばしば訪れるわけにいかない。

爽香は、両角八重と一緒にモデルルームの中に入った。

二組の夫婦が中を見て回っていた。営業の担当者は、何か質問のあるときはいつでも飛んで行けるように待機している。

見学に来た人にぴったりくっついて回って、売り込むというやり方は避けていた。

老夫婦二人で訪れて来たとしても、その二人だけの意志で契約が成立するわけではない。息子夫婦、娘夫婦、時には兄弟などが絡んで来るからだ。

爽香は慎重に、モデルルームの中を見て回った。

「爽香さん」

と、両角八重が言った。「壁のクロス、よく見て下さい」

「え？」

爽香は壁に貼《は》られたクロスの表面を指で触れた。「これが何か？」

「いえ、後で」

両角八重は小さく首を振った。

爽香は、彼女の表情に、何かよほど深刻なことがあるのだと察した。営業の人間がそばにいるので、今は話したくないのだ。

爽香は黙って肯いた。

ゆっくりと、散歩でもするようにモデルルームの中を見て歩いている七十近いと見える夫婦が、足を止めると、

「とても落ちつくわね」

と、妻の方が言って息をついた。「何ていうの？　こう——目が疲れない」

「ああ、そうか」

夫が肯くと、「インテリアのせいなのかな」

「こういうモデルルームって、豪華に見せようとして、色んなものを置くでしょ。それこそ、ガラスの工芸品なんて、年寄は持とうとして落っことすのが心配になるわ。ここは余分な物が置いてない。ホッとするわ」

聞いていた爽香と八重はチラッと目を見交わした。

分ってくれる人は分ってくれる。

爽香はちょっと誇らしい気分になった。

「――まあ、しかしこれだけの金が出せる年寄がどれくらいいるかな」

と、夫が言った。

「そうね。――あの子たちはあてにしてるでしょうし」

二人は、ブラブラと歩いて行った。

いくら「安価に抑える」といっても、質を落とさないためには、ある程度の経費はかかる。何千万円かを、この安心できる老後のために費すのは、決してむだなことではないと思うのだが、その夫婦の子供たちから見れば、

「そんな金があったら、子供や孫に遺《のこ》してくれよ」

ということになるのだ。

実際、このモデルルームを見て気に入った夫婦が、仮契約までして帰って、何日か後に、

「申しわけないが、子供たちに猛反対されてしまってね……」

と、寂《さび》しそうにキャンセルしてくるのはいつものことだ。

「その辺でお茶でも」

と、八重が言った。

8　問題

明るく日が入る喫茶店のテーブルに、二枚のクロスの切れ端が並べられた。

壁布は、ある程度上質のものを使わないといつも日光の当る部分で変色が起る。

「分ります？」

と、両角八重が言った。

爽香は二枚のクロスを手に取った。

「――見た目は同じね」

「ええ」

「でも――こっちの方が薄手だわ」

「そうなんです」

コーヒーが来て、二人は一口飲んだ。

両角八重は、工事の現場監督である。

爽香と同じ三十二歳。爽香よりは大分大柄で背も高い。

それに——客観的に見て美人である。

下請けの職人たちを相手に、厳しい目で気になる所はどんどん指摘するが、すでに現場で十年のキャリアがあるので、その目は確かだ。

初めは、「あんな女に何が分る」とふてくされていた職人たちも、八重があらゆる点に精通しているのを知って、一目置くようになっていた。

それに、八重は決して肩書で相手を従わせようとはしない。

「知識としては知ってても、本当には棚一つ吊《つ》れないんですから」

と、手に技術を持っている人間を尊敬している。

爽香の知る限りでは、八重は独身。都心のマンションで一人暮しのはずだ。

「このクロスに問題が？」

「爽香さんもご存じないですか」

「ええ」

「モデルルームでは、この良質な方を使ってます。当然、現場でも同じものを使うと思ってたんです」

「違うの？」

「エントランスを先に仕上げているんで、この間、クロスを貼ってたんですよ。何気なく触ったら、こっちの安い方で」

「間違いじゃないの、納品の」

「訊いてみました。注文が変ってるんです」

「それは……問題ね」

「爽香さん。こんなこと言いたくないんですけど、質を落として、その分節約してるとか――」

「それはあり得ないわ」

と、爽香は首を振った。「担当者の段階で勝手に変更することは絶対にない」

「私もそう思ってました」

爽香はゆっくりとコーヒーを飲んで、

「伝票を調べてみるわ。――八重さん、このことは……」

「誰にも言っていません」

「よろしく」

爽香は二枚のクロスをポケットへ入れた。

「でも、もし――何かあるとしたら、寺山さんですね」

と、八重は言った。

「調べてみないと、何とも……。でも、他には考えにくいわ」

「いい人なのに……」

と、八重はため息をついた。

そして、八重は爽香をしばらく見ていたが、

「何か心当りがあったんですか？」

と訊いた。

爽香は笑って、

「八重さんには隠せないわね。似た者同士？　社長にそう言われたわ」

「違うところ、ありますよ。爽香さんにはすてきな旦那さまがいらっしゃるじゃないですか。私なんか、全然もてない」

と、八重は微笑んだ。

「ふしぎね。もてて当り前なのに」

「そう言ってやって下さいよ。周りの男どもに」

八重はコーヒーに砂糖を足した。「――寺山さん、凄く若い女の子と付合ってるみたいです」

「知ってるの？」

「現場へ来ているときに、ケータイで話してるのを何度か小耳に挟んで。相手、どうみても十代ですよ」

――里美だろうか？　それとも、麻生が見たという女子高校生か。

「放っておけないわね」

と、爽香は言った。「エントランスのクロスも貼り変えなきゃいけない」

「ええ。そう手間じゃないとは思いますが」

「とりあえず、先の予定はキャンセルしました。珍しいことじゃありませんから」

「とりあえず、クロス貼りは止めておいて」

「至急、対処するわ」

爽香はため息をついて、「――これが無事に建ったら、ガックリ来そう」

「ご苦労さま」

「もちろん、私の仕事はそれから始まるんだけどね。契約、入居、運営……。気が遠くなる」

爽香はふと、思い付いたように、「ね、一度一緒に食事しない？　うちの亭主を紹介したいの」

「わあ、嬉しい！」

八重は一瞬、女子大生にでも戻ったようだった……。


「ごめん！　待った？」

里美が息を弾ませるようにしてやって来る。

里美は少しも遅れていない。約束の五時にはまだ五分以上あった。

寺山が、珍しく十五分も早く来てしまったのだ。

〈P〉の客は、ほとんどがこの近くの映画館などへ行くための待ち合せ。

むろん、中には寺山と里美のように「ホテルへ行く」というカップルもいるだろう。

「私、レモンスカッシュ」

と、里美はオーダーして、「走って来たら暑い」

「一郎君は大丈夫？」

「うん。仲のいい子のおうちで預かってくれてる。――寺山さん、よく出られたね、土曜日なのに」

「仕事はいつでもあるよ。もう今はのんびり休んでる段階じゃない」

寺山は微笑んで、「予定してなかった日に会うっていうのも楽しいね」

「うん」

里美は頰を染めて、「本当は何も飲まなくてもいいんだけど……。でも、それじゃ恥ずかしいものね」

里美の若い体は寺山を求めて燃え立っているだろう。――照れていても、それを抑えることはできないのだ。

そんな里美を見ていると、いじらしくなって、寺山は胸が熱くなった。

俺にはこの子がいるんだ。――智恵子より、ずっとずっと俺を愛してくれている。

そうだ。この子を幸せにしてやらなくては……。

レモンスカッシュが来ると、里美はストローを使わずに、ほとんど一気に飲み干してしまった。

「ああ、スッキリした！」

と、里美は笑った。

そのとき、寺山のケータイが鳴った。

「仕事？」

と、里美が不安げに訊く。

「さあ……。放っとくさ」

ポケットから取り出したケータイを見て、寺山の胸は一瞬高鳴った。――智恵子からなのだ。

どうしたというのだろう？

「ごめん、ちょっと出ないと……」

ケータイを手に、寺山は席を立った。

里美から見えない辺りへ来て、

「もしもし」

と出た。「――智恵子君？」

「あ、良かった」

智恵子の屈託のない声がした。「出てくれないかと思った。今、大丈夫？」

「ああ、外にいるんだ。どうしたんだい？」

「あのね、今日テツヤの誕生日で、ちゃんとホテル取ったんだけど」

「そうだったね」

「テツヤがね、急にクラブの先輩に呼ばれて出かけなきゃいけなくなったの。ひどい、って言ってやったんだけど、先輩の言うことは絶対なんだって」

寺山はホッと息をついた。

「そう。まあ仕方ないね。彼には彼の都合がある」

「でも、ずっと前から約束してたのに」

と、智恵子は大分むくれている。

「じゃ、延期だね、とりあえず」

「でも――あのね、もうホテルにチェックインしちゃったんだ。今から出るって言っても、お金返してくれないよね」

「そりゃそうだよ」

「せっかく寺山さんが出してくれたのに……」

「そんなことはいいさ」

「でも……。ね、寺山さん、これから来られない？」

「今から？　そこへ？」

「うん。——泊らなくてもいいけど、少し一緒にいられたら、って思ってかけたの」

鼓動が速まる。——まさか。智恵子は俺に抱かれたいのか?

「今——どこだい?」

「あ、言わなかった?」

声が少し上ずっている。

智恵子は笑って、「Nホテルの2803にいる」

「Nホテルね。——行ってもいいけど」

「良かった! 待ってる」

「ああ。三十分くらいで」

「うん。ルームサービスで食べたい。部屋で食べてみたかったの」

「いいとも。そうしよう」

「じゃ、待ってるね」

通話が切れて、寺山は少しの間呼吸を整えていた。

智恵子はどういうつもりなのか。

ただ、食事をするだけか? いや、〈テツヤ〉とは寝る気でいたのだ。そこへ寺山を呼ぶ。

何もなしに帰るとは思っていないだろう……。

だが里美はどうしよう?

寺山は、迷わなかった。

里美と智恵子。——すでに結論は出ていた。

席へ戻ると、

「すまない」

と、寺山は言った。「急な用だ。どうしても現場へ行かなきゃならない。向うは僕が行くのを待ってるんだ」

里美は悲しそうだったが、

「仕事じゃしょうがないね」

と、水を一口飲んだ。「いいよ、行って。——またこの次に」

「うん。今度ちゃんと埋め合せするからね」

寺山は立ち上って伝票を手に取ると、「払って行くから。それじゃ」

「うん……」

里美はちょっと手を上げた。

寺山が支払いをすませ、急ぎ足で人ごみの中へと消えて行く。

——里美の胸は痛んだ。

恋する者の直感は、寺山の嘘を見抜いていた。仕事の電話なら、そんなに離れた所まで行って話す必要はないだろう。

他の女から？

里美は、必ず突き止めてやろうと心に誓った。

9　仲　間

いつもなら、クリームと砂糖をたっぷり入れて飲むのに、厚子はブラックのままコーヒーをガブッと一口飲んで、その苦さに目を白黒させてしまった。

それほど緊張していたのである。

〈母親ランチの会〉の料理は、このコーヒーですべて終った。

今日も十五人の母親たち、全員が出席している。むろん、笑野聡子が話の中心であることも変らない。

今日は間近に迫ったS女子学園の文化祭について、珍しくきちんと議論があった。――といっても、結論めいたことを笑野聡子が言えば、ほとんどそれに沿ってすべてが決ってしまう。

文化祭の準備は夜遅くなることがあり、遠くから通っている子は、学校に近い生徒宅に泊ることが認められている。

その役割を予《あらかじ》め分担して決めよう、というのが主な話だった。

その一方で、食事もちゃんと味わっている。

——このレストランを選んだ寺山厚子は、料理の味がほとんど分らなかった。

笑野聡子を初め、「口のおごった」面々がここの味をどう評価するか、それを思うと気が気ではなく、味わうどころではなかったのである。

ここを選ぶまでに、厚子は井上香代子と五軒ものレストランのランチを食べ歩いた。そして、二人でここに決めたのだが……。

それでも不安だった。

もし笑野聡子に、

「お味はもう一つね」

とでも言われたら……。

色々な話題が出たが、誰一人、料理の味については口にしない。厚子は緊張のあまり、コーヒーカップを持つ手が震えた。

笑野聡子はコーヒーカップを置くと、

「寺山さん」

と言った。

雷にでも打たれたようにハッとする。

「は、はい！」

声が上ずった。

しかし、聡子の言葉は意外なものだった。

「あなた、こういうレストランにはさっぱり通じてないようなことおっしゃってたけど、そんなことないじゃありませんか」

「はあ……」

「こんなにすばらしいランチを出すお店のこと、ご存じなのに！　ねえ」

居並ぶ面々が一斉に、

「本当に！」

「おいしかったわね！」

と肯き合った。

厚子は、全身の力が抜けてしまうようで、安堵の中、何も言えなかった。

「これからもちょくちょくお願いしましょう。私なんか、いつも同じお店に慣れてしまっているので、ちっとも変り映えしないのよね」

聡子の言葉に、厚子は喜びと共に、「また頼まれる？　とんでもないわ」という思いだった。

井上香代子が、厚子の方を見て微笑んでいる。

「——じゃあ、皆さん、今日はこれで」

という聡子の言葉で、みんな帰り仕度を始める。

「ねえ、寺山さん」

と、一人の母親が声をかけた。

「はい……」

「今度の日曜日、何かご予定はある？」

「日曜日――ですか。さあ……。帰ってみませんと、ちょっと……」

「もしお時間があれば、とてもいい毛皮のコートを半値以下で売るセールがあるの。ご一緒にいかがかと思って」

毛皮のコート？

「さあ……。私、あんまり毛皮とか……」

と、口ごもっていると、

「寺山さん！　今度歌舞伎《かぶき》、ご一緒しない？　私、楽屋に自由に入れるの」

と言われたり、

「宝石にご興味おあり？」

と訊かれたり……。

突然何が起ったのか、という有様。

ともかくレストランを出て解散したときには、厚子はその場にしゃがみ込んでしまいたくなるほど、くたびれ果てていた。

しかし、同時に自分があの母親たちの「仲間」として受け容《い》れられたのだと感じた。

それは、どんなにくたびれようと、お金がかかろうと、厚子にとって何より嬉しいことだったのだ……。


河村布子は、そのヴァイオリンから聞こえて来た音色に、思わず息をのんだ。

爽子がその前に弾いた楽器も、すばらしい音がすると思ったが、こうして弾き比べると、布子のような素人の耳にも、その音の深味、厚味、そしてつやのある滑らかな響きは明らかだった。

布子に分ることが、爽子に感じられないはずはない。

初めの方のヴァイオリンでは、短いフレーズを二、三分弾いただけだった爽子が、二台目のヴァイオリンを弾き始めると、二曲、三曲と次々に弾いて飽きない。

爽子は、これまでに習った曲を片っ端から弾いて行った。額にはいつしか汗が浮んでいる。

あまりに長くなり過ぎる、と気になって、布子は、

「爽子、それくらいにしておきなさい」

と、声をかけた。

爽子は、まるで夢からさめたようにフッと目を開いて、弓を止めた。

「――いいのよ」

と、藤野加代子《ふじのかよこ》は微笑んで、「気に入った？」

爽子は答えかけて、ためらった。もちろん気に入ったに違いないことは分っている。

「楽器屋さんには、来週中に返せばいいから、お宅で弾いてもいいのよ」

爽子は目を輝かせて、手にしたヴァイオリンを見ていたが、付添って来た布子の方を向いて、

「でも、お母さんの仕事の邪魔だから」

と言った。

「――今日はこれくらいにしておきましょうね」

この、五十過ぎのベテラン教師・藤野加代子の下、爽子はヴァイオリンの腕をめきめきと上げた。

布子も、夫の河村も、CDがかかっているのかと思って部屋を覗くと、爽子が弾いているのだと知って驚くことがしばしばだった。

そして、持ち上って来たのが、

「ヴァイオリンを、もっといいものに替える」

という話だった。

爽子はもともと手が大きく、十二歳になった今、もう大人用のヴァイオリンにしても大丈夫、と言われていたのだ。

問題は価格だった。

「お疲れさま」

と、藤野加代子は爽子の頭に手を当てて、「この次は左手のピチカートがもう少しはっきり鳴らせるようにね」

「はい」

「じゃ、お母様とちょっとお話があるから、あなたは居間で待ってて」

「はい。ありがとうございました」

練習室を出るとき、必ずこうして一礼する。直接音楽とは関係ないこういうしつけが、才能を伸すのだ。

爽子が出て行くと、藤野加代子は、二台のヴァイオリンをケースへしまいながら、

「いかが？」

と、布子へ訊いた。

「びっくりしました。楽器でこんなに変るのかと……」

「そうなんですよ。いい楽器なら、練習しただけちゃんといい音がする。——もちろん、誰もがストラディヴァリを買えるわけじゃありません。でも、ある程度の楽器を持たせないと、子供も可哀そうです」

「ええ」

「この二台、どちらでも今の爽子ちゃんには充分使いこなせる楽器です。ただそれぞれのお宅の事情がありますから、無理はされないで下さい。子供にとって、あまりプレッシャーになる

ようではいけません」

「はい」

「この楽器商は、私が長くお付合している所で、価格は適切だと思います。教師にも、仲介手数料を取る人がいますが、私はいただきません。子供たちが、ちゃんと稽古《けいこ》して来てくれるのが一番嬉しいんです」

その点は、布子も一緒に習っている他の子の母親たちから聞いていた。

「あの先生は良心的よ」

と、誰もが口を揃える。

「こちらが三百万円。――たぶん、二百七十万円くらいにはさせられると思います」

と、藤野加代子は、一台目の方のケースに手を置いて言った。「そしてこれが――一千万円」

予め、大方のところは聞いていたが、実際に耳にすると、思わず座り直してしまう。

「もちろん、普通のご家庭でお稽古ごとにこれだけのお金をかけるのは、たやすいことではありません」

と、藤野加代子は続けた。「お帰りになって、ご主人ともよく相談なさって下さい」

「はい」

「どちらの楽器でも、爽子ちゃんの腕は間違いなく上ります。できたら、この二台の中から選んでいただけると――。これ以上は私も申し上げられません」

「よく分っています」

と、布子は肯いた。

「――どうされますか？　お持ちになって、ご自宅で弾いてみますか。次のレッスンのとき、持って来ていただければ」

布子は少し迷ったが、

「きちんと結論を出してからにします」

と答えた。「一旦お借りしたら、返すのが辛いでしょうから」

「そうですね」

と、藤野加代子は微笑んで、「本当に罪なことですね」

布子は立ち上ると、居間で待っていた爽子を呼んで藤野家を辞した。

「――寒いわね」

夜風は大分冷たい。「ちゃんとマフラーして。風邪ひくわよ」

「うん」

爽子はヴァイオリンを一旦布子に渡すと、マフラーをきっちりと首に巻いた。

二人は駅への道を足早に辿《たど》って行った。

「――お母さん」

と、爽子が言った。「先生と何話してたの？」

「あの楽器のことよ、もちろん」

「お母さん。——無理しないでね」

と、爽子は言った。「私、もっと安いのでいいよ」

布子は爽子の肩を抱くと、

「お母さんがちゃんと考えて、どうするか決めるわ。あんたは心配しなくていいのよ」

と言った。

「でも、ヴァイオリン使うのは私だもん」

と、爽子は言い返した。「お金借りてまで、高い楽器、欲しくない」

その真剣な口調に、布子の方がいささか戸惑った。

「爽子——」

「お父さん、また体こわすかもしれないじゃない。入院したら、今度は長いでしょ」

布子も、夫がこのところ疲れていることに気付いていた。

むろん年齢のせいもあるだろうが、一度大きな手術をした体は、若いころのような苛酷《かこく》な捜査活動に耐え切れなくなっていた。

爽子も敏感に、そんな父の体調に気付いていたのだ。

「お父さんとよく相談するわ」

布子はとりあえずそう言うしかなかった……。

その夜、申し合せたように河村はいつになく早く帰宅して、布子たちが帰ったときには達郎と二人でご飯を食べていた。

少し遅い夕食だったが、一家四人で食卓を囲むという、普段の日には珍しいことになったのである。

「——おやすみ」

と、爽子がパジャマ姿で顔を出した。

「おやすみ」

河村は、爽子が行ってしまうと、「——なあ、ちょっと話があるんだ」

と、布子の方を向いた。

一瞬、布子の顔がこわばったらしい。布子自身はそんなつもりではなかったのだが。

「——大丈夫だ。深刻な話じゃない」

と、河村が笑って言った。

「そんなに怖い顔した？」

と、布子も少しホッとして笑った。

「どうも、ここんとこ疲れやすくてな」

と、河村は言った。「実は先週、検査を受けて来た」

「まあ、黙って？」

「言えば心配すると思ってさ。――結果は特に心配するようなことじゃなかったんだが、やはり少し胃をやられてる。薬をちゃんと服《の》めと言われた。それと、不規則な生活から来るストレスだ」

それは刑事という職業の宿命でもある。

「でも、それを変えるのは……」

「うん。しかし、以前と違って、思うように体も動かない。このままいけば、またいずれどこか悪くして倒れるだろう」

「――どうするの？」

河村は手にしていた新聞を少し乱暴にたたむと、

「転職しようかと思ってる」

と言った。

布子にとっても、思いがけない言葉だった。

「それって――何か具体的なあてがあって言ってるの？」

「うん」

と、河村は肯いた。「先輩で、停年前に辞めた人が、セキュリティの会社を立ち上げているんだ。そこから誘われてる」

「そんな話、初めて聞いたわ」

「ああ。はっきり決心がつかなかったしな。――もう、話があってから二年近くたつ。時々会って話はしてるんだが、向うもそういつまでも待っていちゃくれないだろう。この辺がいい時期かもしれないと思ってね」

あまりに思いがけない話で、布子は正直なところ何の感想も持てなかった。

本当なら、喜んでいい話である。刑事という仕事は、むろんTVに出てくる刑事のように年中犯人相手に撃ち合ったり格闘したりしているわけではないが、それでも常にその危険にはさらされている。

それに比べれば、セキュリティの会社といっても、まさか自分がガードマンをするわけではないだろうし、危険な目に遭う確率はずっと低くなる。

それに、もっと人並に――世間並に出勤し、夕食時に帰宅するという生活ができるかもしれない。

「――どう思う?」

と、河村は訊いた。

布子としては、

「それはあなたの決めることだわ」

と言うしかなかった。「体は楽になるのね？」

「ああ。一応、部長クラスで迎えてくれることになってる。残業といっても、世間並だよ」

「でも――あなたはそれでいいの？」

布子も、河村が刑事という仕事に、いかに強い愛着を持っているか、知らないわけではない。

「もちろん、刑事を一生続けていけたら嬉しいさ。しかし、体が言うことを聞かなくて、そのせいで危険なことに出くわしたりすると――。自分が傷つくのはともかく、部下を危険にさらすのが怖い。そんなことで辞めるくらいなら、そうなる前に辞めたい」

「そう」

布子はゆっくり肯いて言った。「それなら止めないわ。賛成よ」

「そうか。――ありがとう」

「いつごろ……」

「まあ、今年一杯かな」

布子は、爽子のヴァイオリンのことを言い出せなかった。

収入がどうなるのか、見当もつかなかったからである。

ともかく今日はやめておこう。――布子はそう思った。

10 沼の底

「これでいいんでしょうか」

優にひとかかえもある資料を机の上に置いて、荻原里美は言った。

広い会議室に、爽香一人。机の上には大きなカラーのデザイン画が一杯に広げられている。

「ありがとう」

と、爽香は言った。

椅子《いす》は壁ぎわへ寄せられて、爽香は立ったまま、机の周囲を歩き回っていた。

里美がそのまま出て行こうとすると、

「里美ちゃん」

と、爽香が呼び止めた。

「はい」

「今、持って来てくれた資料の中に、カラーの画《え》が何枚か入ってるの。抜き出してくれる?」

「はい」

サイズが他の書類と違うので、抜き出すのは容易だった。

「ええと、一、二、三……。七枚ありますけど」

「うん、そんなものよ。それね、日の当ってる所へ置いて」

「並べるんですか？」

「そうね。机を一つ、窓ぎわへ寄せて」

「はい」

「蛍光灯の下だと、色が違って見えるのよね」

里美はガタガタと机を一人で動かして、デザイン画を並べた。

「——これでいいですか」

「うん。ありがとう」

爽香は腰を伸《の》ばして、「ああ、ずっとこうしてると、腰に来るわね」

「大丈夫ですか」

と、里美は笑った。

「ね、里美ちゃんも見てよ。今度の〈レインボー・ハウス〉の外壁にタイルで絵をつけるの。どれが好き？」

「ええ？　私、さっぱり——」

「いいのよ。人の意見も聞きたいの。一人でじっと見てると、わけが分らなくなっちゃうのよ」

里美は爽香と並んで、一枚ずつ眺めて行ったが、

「——この花のが一番可愛いですね。でも、大きくなるわけでしょ？」

「そう。大体……縦が五、六メートル」

「じゃあ、この花じゃ少し大きくなり過ぎるかも」

里美は興味深げに絵を見ている。

「里美ちゃん」

と、爽香は言った。

「はい」

「最近、仕事が手につかないようね」

里美がハッとして振り向く。

「そんなことないです」

「私と目を合せないようにしてるでしょ。何かあったの？」

「——別に」

「ほら、また目をそらす」

「私、もう行かないと。失礼します」

と、行きかける里美へ、

「寺山さんのことね」

爽香の言葉に、里美は愕然《がくぜん》とした。

「爽香さん……。どうして知ってるんですか？」

「恋してるってことは隠せないものよ。やっぱり寺山雄太郎さんなのね」

里美は目を伏せた。

「寺山さんには奥さんもお子さんもいる。知ってるでしょ」

「はい」

「好きになったら、関係ないわよね。——でも、うまく行ってないのと違う？」

里美は窓の方へ歩いて行って、外の明るさに目を細くすると、

「寺山さん——他に好きな子が」

と言った。「高校生なんですよ、その子。私、悔しい」

「やっぱりね」

爽香が肯く。

「そのことも？」

「どうもね、寺山さん、泥沼にはまって動けない様子なの」

「それって……」

爽香は小さく首を振って、

「詳しいことは分からないけど、何しろ深い仲になっていれば、取り返しがつかないものね。

――寺山さんのためにも、考え直してほしい」

爽香はやや黙って立っていたが、「――ありがとう。もう行って」

と、里美に笑顔を見せた。

「はい」

里美は元気よく、「失礼します」

と言って会議室から出て行った。

爽香は、ちょっと息をついた。

――分ってくれただろうか。

寺山に対して、「考え直して」と言った言葉は、同時に里美に向けて言ったものでもあった。

といって、正面切って、

「寺山さんのことは諦《あきら》めて」

と言えば、恋する心は逆に寺山をかばおうとするだろう。

しかし、寺山が女子高校生と会っていることは、里美も知っているのだ。里美の寺山への熱はさめかかっている、と爽香には思えた。

大丈夫。あの子は立ち直ってくれるだろう。

会議室のドアをノックして、

「チーフ、いますか？」

と、麻生の声がした。

「ええ。入って」

ドアが開いて、麻生が中を覗くと、

「今、一人ですか」

「見ての通り。どうしたの？」

「ちょっとお話が……」

「いいけど——。長くかかる？」

麻生はきちんとドアを閉め、少し小声になって、

「寺山さんのことです」

「何か分った？」

「昨日、今日と、たまたまお昼ご飯のときに寺山さん、見かけたんですけど、二日続けて銀行の現金自動支払機に並んで……」

「現金をおろしてたの？　どれくらいか分った？」

「よくは分りませんけど、たぶん二、三十万じゃないでしょうか」

爽香はちょっと考え込んだ。麻生は続けて言った。

「もちろん、旅行とか色々、お金をつかうことはあると思うんですけど、ただ、お金をおろし

て帰るときの寺山さんの表情が……」

「どうだった？」

「とても怖い顔して……。今日は、バッタリ顔合わせちゃったんですけど、僕と分るとパッといつもの穏やかな笑顔になりました。その分、前の顔が普通じゃないと……」

「——ありがとう」

爽香は肯いた。「寺山さんの奥さん、知ってる？」

「いえ、お会いしたこと、ありません」

「そうよね」

と、ため息をつく。

「やっぱり何かあるんでしょうか」

「疑いたくはないけどね」

爽香も、プロジェクトのチーフの一人である。中でトラブルがあれば、監督責任を問われかねなかった。

こういう傷は早いほど被害を小さく食い止められるものだ。

「——寺山さんの付合ってる女子高校生、何ていったっけ？」

「ええと……柳井智恵子です」

と、手帳を見て言った。「S女子学園の高校一年生」

「寺山さんの奥さんと話をしてみようかしら」

と、爽香は思い付いて、「寺山さん、出張か遠くへ外出する予定、あったかしら」

「調べてみます」

「お願いね」

麻生が急いで出て行くと、爽香はまたデザイン画の方へと気持を切り換えた。

ケータイにメールが入った。

寺山はチラッとそれを見て、

「――ちょっと、知人が来てるんだ。二十分ばかりお茶を飲んで来る」

と、スタッフの女性に言った。

「はい。この後打合せが――」

「それまでに戻るよ」

寺山はもう机を離れていた。

――一階へ下りて、ビルから外へ出る。

向いのティールームで智恵子が手を振っていた。

「――やあ」

寺山は向いの椅子にかけると、「ここは目立つよ。社員も出入りするし」

と、小声で言った。

「見られたら、姪だとでも言って」

と、智恵子は言った。「大丈夫。そんな風には見えないよ」

「どんな風だ？」

と、寺山は苦笑した。「――コーヒー」

ウエイトレスは寺山の顔も知っている。チラッと智恵子へ投げた視線は好奇心一杯だった。

「――これ」

寺山は、ウエイトレスがこっちへ背中を向けているのを見て、素早く封筒をテーブルに置いた。

「ありがとう」

智恵子がすぐに自分の鞄《かばん》にそれをしまう。「いつも無理言って、ごめんね」

無邪気な笑顔だ。

寺山は、この智恵子のやさしい外見の下に何が隠されているのか、分らなかった。

それとも――分り切っているのだろうか？

俺のように、この子に恋している男でなければ、簡単に見抜けるのか。

だが、正直なところ寺山にはどうでも良かった。智恵子を今、自分のものにできているという事実の前では、何十万の現金も、大したことではなかったのである。

11 出張

「じゃ、行ってくる」

寺山は玄関で振り返った。

「気を付けてね。忘れ物、ない？」

と、厚子は言った。

「ああ、大丈夫だ。一泊だけだからな」

「そうね。行ってらっしゃい」

厚子は玄関を出て、夫が朝の道を足早に急いで行くのを見送った。

「——おはようございます」

隣の奥さんと挨拶《あいさつ》を交わす。

「今日はご主人、ゆっくりね」

「ええ。大阪へ出張なんです」

「ああ、それで。お珍しいわね」

「そうなんですよ」

と、厚子は肯いて、「大阪の高級老人ホームを視察するんだとか」

「あら、面白そうね。うちは月の三分の一は出張だから、もう勝手に仕度して出て行きますよ」

と、隣の奥さんは笑った。

――厚子は家の中へ戻ると、何だか何もする気になれなくてソファに座り込んだ。

恵も学校へ行った。

夫が今日帰って来ないということ。――それは確かに珍しいことだった。

忙しいが、出張は少ない。

今日の大阪出張も、本当ならチーフの女性が行くはずだったらしいが、現場から離れられず、急に寺山が行くことになったのだ。

寺山も、突然のことで少し戸惑っていたが、むしろ「たまの出張」を面白がっていた。

それにしても……。

厚子は、ふしぎな虚脱感に捉《とら》えられて、ぼんやりと一時間ほども過してしまった。

それは一種の解放感でもあったし、また寂しさでもあった。

ただ、どちらかというと、「自由だ」という嬉しさの方が大きかったろう。

どこかへ出かけようかしら。――一人で家にいちゃもったいないわ。

どこへ行く、というあてのないまま、厚子は化粧をし、髪を直し、着替えをして、外出の仕度をした。

恵が学校から帰るまでに戻ればいい。

デパートでも歩くか、それとも映画でも見に行くか。

まるで遠足に行く子供のような気分で、厚子は玄関へと出た。

靴をはいて、玄関を出ようとしたとき、電話の鳴るのが聞こえた。

電話だわ。——誰からかしら?

いつもの厚子なら、急いで出ただろう。

しかし、今日の厚子が少し違うのは、

「十秒早く家を出てれば、あの電話は聞こえなかったのよ」

と考えたことだった。

聞こえなかったと思えば、出る必要ないわ。

厚子は玄関を出て、鍵をかける。

「さあ! ——今日一日、私は自由なんだわ」

厚子は口に出して言うと、弾むような足どりで歩き出した。

「では、次の議題に移る」

と、田端は言って、異議がないか確かめるように、会議室の中を見渡した。

そして、たった今、「現況報告」を終えて席に戻った爽香へ、

「杉原君、ご苦労さま。もう仕事に戻ってくれ」

と、声をかけた。

「はい。ありがとうございます」

爽香が忙しいことをよく分っているので、田端としては気をつかってくれているのだ。

次の議題についての説明が始まるのを背中で聞きながら、爽香は静かに会議室を出た。

そして廊下を少し行くと、足を止めて左右を見回し、思い切り伸びをして、

「ワーッ！」

と、多少抑え気味の声を上げた。

——田端が気をつかってくれるのは嬉しいが、実際のところ、他の出席者にとっては、

「どうしてあいつだけが別扱いされるんだ」

という不満の素《もと》にもなる。

ただでさえ、〈レインボー・プロジェクト〉は、当初の見込みより建設費が大分上回りそうなのだ。といって、販売価格を上げたら、そもそもの意図が実現できない。

田端は、あくまで「質を落とさずに」建設費を削れないか、と無茶を言ってくる。

爽香は、田端の抱いている「理想」に共鳴して、この〈G興産〉の社員になった。この仕事

が単に「高級ホーム」を高く売るマンション販売業だったら、爽香はとてもいられなかったろう。

何とか今のまま、〈レインボー・ハウス〉を完成させなくては……。

「――チーフ」

と呼ばれて振り向くと、麻生がポカンとして立っている。

「見てた?」

と、爽香は笑って言った。

「声も聞きました。大丈夫ですか?」

「うん。別に狼女《おおかみおんな》じゃないから、月に向って吼《ほ》えたりしないわ」

と、爽香は言った。「ただのストレス発散よ」

「それならいいんですけど……」

麻生は肯いて、「実は、もっとストレスになりそうなことが……」

「言ってみて」

「寺山さん、予定通りに出張で大阪に出かけました」

「それで?」

「朝の内に、奥さんに連絡取ろうと思って何度も自宅へ電話したんですが、つかまらないんです」

「そう。仕方ないわよ。奥さんだって、用事で出かけることがあるだろうし」

「また電話してみます」

「そうね。――例の柳井智恵子って女子高校生のこと、何か分った？」

「今日の午後には、報告が来ると思います」

「来たら、メモにしてちょうだい。いざってとき、社長へ見せられるように」

「分りました」

「昨日のインテリアの件、何か言って来た？」

「まだです。せっつきますか」

爽香は腕時計を見て、

「午後三時まで待って、何も言って来なかったら、連絡して」

「分りました」

「戻りましょ」

二人は、〈レインボー・プロジェクト〉のスタッフルームへと戻って行った。

――爽香たちをそっと見送っていたのは、荻原里美だった。

爽香に用があって、会議室の外まで来ていたのだが――。

「大変だ」

と、里美は呟いた。

今の麻生との話では、爽香は寺山と女子高校生のことを、寺山の奥さんに話すつもりらしい。

それに、柳井とかいうその女子高校生について調べているのだ。

「どうしよう……」

里美は呟いた。

もちろん、寺山が女子高校生と付合っていることには、腹を立てていた。でも、そのことが奥さんに知れたら……。

寺山の家は、今まで通りではいられまい。

里美は、自分自身、許されない恋の当事者であることを忘れてはいない。

だからこそ、爽香が恋愛という個人的な問題に口を出そうとしている気持が、分らなかった。

——しかも秘書の麻生を使って。

今のままでは、寺山はクビになるかもしれない。

里美は、自分のそばから寺山がいなくなってしまうと考えただけで、胸が痛んだ。

爽香さんだって、人を好きになることを禁じたりはできないはずだ。

里美は、ポケットからケータイを取り出した。——会議室から何人か出て来た。

ここでは話せない。

里美はエレベーターへと急ぐと、一階のロビーに下りた。

人が大勢出入りするロビーは、どんな話をしていても一番目立たない。

「――お願い。出て」

里美は、寺山のケータイへかけた。

何度か呼出し音が聞こえて、

「――もしもし」

「良かった！」

「里美君、どうしたんだ？」

「今――どこ？」

「大阪だよ。出張でね。メールしなかったっけ？」

「寺山さん、爽香さんが……」

「チーフがどうした？」

「あなたのこと、調べてる。女子高校生と付合ってることも承知よ。あなたが出張してる間に、奥さんに話すつもりらしい」

さすがに、向うはしばらく黙っていた。

「――寺山さん？」

「そのこと、どうして知ったんだ？」

「爽香さんが麻生さんと廊下で立ち話してるのを聞いちゃったの。奥さんと連絡が取れないって言ってた」

「そうか。——女房に」

「きっと、わざとあなたを出張させたのよ。ひどいと思うわ」

「ありがとう、里美君。知らせてくれて」

「でも、どうするの？　帰り、明日になるんでしょ？」

「考えるよ」

と、寺山は言った。「大丈夫。僕だって、おとなしくクビにされやしない」

「私にできることがあったら言って」

「ありがとう……。君は、僕みたいな男のどこがいいんだい？」

と、寺山はちょっと笑った。

「分らないけど——ともかく、会社からあなたがいなくなるなんて、考えただけで辛いの」

里美は胸が詰った。

「君はいい子だな」

「お願いよ。その女の子のこと、何とかしないと」

「うん。——よく考えるよ」

「時間がないのよ」

「僕は、そんなに心配してもらう値打のない男だよ」

「そんなこと言わないで！」

里美の目から涙が溢《あふ》れ落ちた。

「じゃあ、切るよ。――また」

「うん。気を付けて……」

里美は通話を切って、息をついた。

これで良かったのだろうか。

里美の中には、爽香を裏切った、という思いが、重苦しく残っていた。

これまで爽香から受けた恩を考えれば、爽香を恨むことなどできない。だが、寺山との胸ときめく時間、彼の重味を受け止めながら今まで知らなかった快感に我を忘れる、あの瞬間には、何ものも比べられないのだ。

――これが知れたら、会社を辞めなければいけないかもしれない。

だが、里美は後悔していなかった。

寺山が、少しでも里美に感謝してくれて、また抱いてくれるのだったら、そのためにまた爽香を裏切っただろう……。

里美は涙を拭《ぬぐ》うと、小走りにエレベーターへと向った。

――里美が寺山とケータイで話している間、一人の男がすぐ近くに立って、里美の言葉に耳を傾けていた。里美の視野から巧みに外れていたので、里美はそばに人がいることにも全く気付いていなかった。

エレベーターに乗ろうとした里美は、トレンチコートを着た男とぶつかって、

「あ、すみません」

と謝った。

「いや」

男は微笑むと、そのままビルの玄関へと向う。

里美はエレベーターに乗って、自分の職場のあるフロアのボタンを押した。

今は爽香と顔を合せたくない。

エレベーターを降りて、化粧室へ寄る。

洗面台の鏡に映る自分を、里美はまじまじと眺めた。

二人の自分がいた。

一人は一郎の姉。爽香を尊敬する十九歳の少女。

そして、もう一人は寺山のためなら何でもする、恋に我を失っている「女」。

こんな風になってしまった自分を、里美は悲しい思いで見つめた。

これが「大人になる」ということなのだろうか？

それならいっそ——ずっと大人になんかならなくても良かったのに……。

ため息をついて化粧室を出た里美はポケットに手を入れて、ハッと息をのんだ。

ケータイがない！

失くした？　どこで？

「エレベーター……」

一階でエレベーターに乗るとき、男とぶつかった。あのとき落としたのだろうか。

里美は急いでエレベーターで一階へと戻った。

エレベーターを出た辺りを見回したが、何も目につかない。

もしかして……。

「すみません！」

里美は正面の〈受付〉へと駆けて行った。「エレベーターの辺りに、ケータイ、落ちてませんでしたか？」

受付の女性も里美のことはよく知っている。

「ああ、今、コート着た男の人が届けてくれたわ。あなたの？」

と、カウンターに置く。

「良かった！　これです」

里美は胸を撫で下ろした。

「良かったわね。大事な彼氏のケータイ番号でも入ってる？」

「内緒！」

里美は笑ってエレベーターへと駆けて行った……。

12 情　報

「ああ、今夜はちょっと遅くなる」

と、上野は言って、「由子《ゆいこ》に早く寝ろと言っとけよ」

と、付け加えた。

「ここにいるわよ」

と、電話の向うで、妻の照代《てるよ》が何か言っているのが聞こえる。

上野はケータイを手に、静かなホテルのバーの中を見回した。

「――もしもし、あなた」

「ああ」

「由子に言ったらね、『パパこそ早く帰って来い』ですって」

上野は笑って、

「全く、口だけは達者だな」

「じゃ、先に寝てるわ」

「ああ、そうしてくれ」

上野は通話を切って、ケータイをテーブルに置いた。いつ連絡が入って来るか分らない。

腕時計を見ると、ちょうど約束の十一時である。

「約束は守ることにしてる」

いつの間にか、中川《なかがわ》がすぐ傍《そば》に立っていた。

上野は一瞬ギクリとした。

「そう怖がるな」

中川は上野と向い合って座ると、「時間に正確でないと、俺の仕事にゃ命取りだからな」

と言った。

中川は水割りを注文して、

「急な話で、悪かったな」

「いや、俺は情報を売るのが仕事だからね」

と、上野は内ポケットから封筒を取り出した。「ただ、もう少し時間があれば、もっと色々調べられただろうが」

「それでも、ちゃんと探り出したか。さすがだな」

「だけど、中川さん――」

「名前を呼ぶな」

と、中川は遮《さえぎ》って、「心配するな。これは俺の本業とは別の話だ」

「ならいいが」

と、上野は言った。

中川の「本業」は殺し屋である。組織を裏切ったり、金を横領した奴を「消す」のが仕事だ。

上野も情報屋として、多少はそういう世界と係《かかわ》りを持っているが、「殺し」の共犯になるのはごめんだった。

「それで……と」

上野は封筒の中身を出して、「〈寺山雄太郎〉だね。四十一歳。〈G興産〉勤務」

中川は黙って聞いている。

「この寺山って男、少し危いな。幼女とまではいかないが、少女趣味のところがある。これまでにも高校生ぐらいの女の子と何人か付合ってたようだ。まあ、泥沼になる前に、女の子の方が本気になれずに離れて行った、ってところらしい」

上野は紙をめくって、「今、同じ会社の荻原里美、十九歳と関係がある」

中川は水割りが来ると、黙って飲み始めた。上野は続けて、

「まあ、十九といっても勤め人だ。子供とは言えないが……。かなり危いのは、もう一人の方だ」

中川がチラッと鋭い目で上野を見た。

「〈柳井智恵子〉十六歳。S女子学園の高校一年生で、家はかなりの金持だが、色々複雑らしい。その辺の調べは間に合わなかった」

「後でいい。その子が『危い』というのは？」

「学校じゃ優等生で、全く問題を起したことはない。しかし、中学三年生のころから、六本木辺りでドラッグを捌《さば》いてる連中と知り合ってたらしい。しかし、当人は決してドラッグなんかやらない。ただ、大人を手玉に取って、金を巻き上げることにかけちゃ、大人顔負けだそうだ」

「寺山なんか、イチコロか」

「だろうな。もともと、寺山のような男は、こういう『お嬢様』タイプに弱い」

「今、寺山はかなりその子に金を注《つ》ぎ込んでるのか」

「金額ははっきりしないが、間違いないね。――もっとも、この子と寺山が関係を持つようになったのは最近らしい。だから、まだ総額じゃ大した金額になっていないだろう」

「寺山は、分ってて別れないのか。それとも『別れたいのに別れてくれない』のか、どっちだ」

「こういう男は、理性的に考えられないんだ。たとえ、柳井智恵子のことをよく分っても、別れられないんじゃないか。むしろ、危いと分ると、のめり込んで行く」

「なるほど」

中川は肯いた。

「今のところは、これくらいだね」

「ご苦労さん」

中川は、分厚い封筒を出して、テーブルに置いた。

「どうも」

上野は中をあらためずに内ポケットへ入れると、「——調査を続けるかね?」

「頼む。分るだけのことを調べてくれ」

「分った」

と、上野は肯いて、「しかし——一つ、気になってることがあるんだ」

「何だ」

「この寺山って男の勤め先、あの杉原爽香と同じだが、何か関係があるのかね」

中川は、ちょっと微笑んで、

「全くないとは言わないよ」

と、グラスを空けた。

「やはりね。——しかし、分らんね。どうして、あの杉原って女のことを、そう気にするんだ?」

「簡単さ」

と、中川は言った。「俺はあの女に恋してるんだ」


「突然お邪魔して申しわけありません」

と、爽香は言った。

「いいえ」

寺山厚子は、爽香にお茶を出して、「ご用というのは……」

爽香は、夜、十一時を過ぎて、寺山の家を訪ねた。

早い時間だと、娘が起きているだろうと思ったのである。

「実は、ご主人のことで」

と、爽香は言った。「奥さん、ご主人が柳井智恵子という高校生と付合っているのを、ご存じですか」

「いいえ」

厚子は、固い表情で答えた。「私も主人も、お互い、相手の知り合い全部を知っているわけじゃありません。その必要もありませんし」

「それはそうですが、この場合は、そう言っていられないんです」

「どういう意味でしょう」

と、厚子は爽香へ挑みかかるように言った。

「お金が係っているからです。その女の子に、ご主人はかなりのお金を渡しているようなので」

厚子は、口もとに笑みさえ浮かべて、

「それは主人の問題でしょう。それなら、なぜ主人に直接問いたださないんですか？」

と言った。「あなたは主人の上司なんでしょう？　主人に堂々と面と向っておっしゃればいいじゃありませんか。それなのに、わざと主人を出張させて、その留守に私のところへおいでになるなんて、おかしくありませんか？」

「それは――」

「そうできないわけがあるんでしょ。だから私に、そんなでたらめを吹き込んで。私たちの家庭を壊すつもりですか」

「奥さん――」

「知ってるんですよ。あなたは、今の社長さんの愛人だから、プロジェクトのチーフなんかに納まっていられるんじゃありませんか」

厚子は興奮して声が上ずって来ていた。

「それは違います」

「あら、そうでした？　じゃ、社長さんに言いつければいいわ。でもね、みんなちゃんと分ってるんですよ。あなたは今、とっても困ってるそうですね。予算オーバーで、会社の経営まで危くしてるっていうじゃありませんか」

爽香は黙っていた。厚子はますますトーンを上げて、

「その批判をそらそうとして、主人を狙《ねら》ったのね。卑怯《ひきょう》だわ！　大方、自分で使い込んだお金を主人が使ったことにしたいんでしょう。でも、そうはいきませんからね！　主人がそんなことをする人間かどうか、出る所へ出て、はっきりさせましょう。——大体、偉そうなことを言えるんですか？　あなたのご主人のことだって知ってるんですよ」

爽香の頬が赤らんだ。

「主人がどうしたんですか」

「ご主人は人を殺して刑務所へ入ってたんですってね。ご立派なこと。私の夫はね、一度だって警察のご厄介になったことなんてありません。高校生の友だちがいたって、それが何だっておっしゃるの？　ご自分の方が旦那様に気を付けた方がよろしくってよ。またどこかで人を殺してないかどうか」

爽香は立ち上った。

その勢いに、厚子はちょっとギクリとしたように身を引いた。

「遅くにお邪魔しました」

と、爽香は一礼して、足早に寺山家を出た。

表で、車にもたれて待っていた麻生は、出て来た爽香の様子を見て、黙って車を出した。

爽香の自宅へと向いながら、しばらくして、麻生は、

「早かったですね」

と言った。

爽香は深く息をついて、

「私の話を、奥さん、分ってたわ」

「え？」

「何を言われるかも。――寺山さんが奥さんに連絡したんだわ。私がこういう話をしに行くって」

「じゃ、寺山さんは気が付いてるってことですか」

「そのようね」

「僕が不注意で気付かれたのかもしれません。申しわけありません」

「謝ったりしないでよ。私が頼んだ仕事なんだから」

爽香は首を振って、「でも、出張に行ってくれって頼んだときも、寺山さん、少しもそんな風じゃなかったわ。たぶん――今日、誰かが寺山さんに知らせたんじゃないかしら」

「そうでしょうか。――どうします？」

「明日、また考えるわ。少し疲れた。眠っていい？」

「ええ、もちろん。ここからだと、お宅まで一時間くらいですから。着いたら起しますよ」

「ありがとう……」

爽香は目を閉じたが、眠れないだろうと思っていた。

あの寺山の妻の非難は、少なくとも一部は〈G興産〉の社内で噂《うわさ》されていることだった。

もちろん、そんな噂をはね返すほど、爽香は頑張って来た。しかし、噂や中傷は、一旦生れてしまうと、決して消えることはない。

地下水のように、ひそやかに流れて、生き続けているのだ……。

――それでも、爽香は少し眠った。

帰宅したのは、十二時半ごろ。

「――遅かったな」

明男はパジャマ姿で待っていた。「先にお風呂入ったぞ」

「うん」

爽香はスーツを脱ぐと、「――明男」

「何だ？」

「キスしてよ」

「何だよ」

「お願い」

爽香は、明男を抱きしめた。

ここでなら——この腕の中では、私は安らいでいられる……。

爽香は何も言わずに力一杯、明男の胸に顔を埋めた……。

13　手探り

寺山厚子は、しゃべることに夢中になって、電話の向うで夫が次第に無口になり、あいづちも打たなくなっていることに、全く気付いていなかった。

「――思い切り言ってやったの！　胸がスッとしたわ」

厚子は興奮で少し声が上ずっていた。「大体何なの、あの女？　あなたよりずっと若いくせして、〈チーフ〉だなんて、笑わせるわね。あれじゃ、誰もついて行かないのも当り前だわ。お茶くみでもしてるのがお似合よ」

寺山は、大阪のホテルの部屋にいた。

妻の厚子を杉原爽香が訪ねると知らされていたので、どんな様子だったか聞こうと思って家へかけたのである。

「――もしもし、あなた？　聞いてる？」

と、厚子が訊いた。

「ああ、聞いてるよ」

と、寺山は言った。「それで、杉原チーフは何か言ったか」

「言えるもんですか。旦那さんのことも持ち出して、皮肉ってやったの。何も言わないで帰って行ったわ。すごすごとね」

「そうか。何も言わなかったのか」

「ええ、あなたに手出しなんかできやしない。安心してていいわよ」

「そうだな……」

「私だって、負けちゃいないわ。向うはなめてかかってたんでしょうけどね」

と、厚子は言って、「でも、あなた。その高校生の女の子——柳井智恵子っていったわね。その子と付合ってて大丈夫なの？」

「ああ……」

「もちろん、あなたのことだから心配してはいないのよ。でも、向うはどんな手を使ってくるか分らないわよ。気を付けてね」

と、厚子は言った。

「ああ、分ってる」

寺山は穏やかな声で言った。「明日、夕方には東京へ戻る」

「ええ、待ってるわ。お食事、する？」

「ああ……。しかし、一応会社へ行ってみなくちゃいけないからな」

「じゃあ、お電話ちょうだい。明日なら恵も早く帰って来ると思うわ。三人で夕ご飯を食べましょうよ」

厚子の声は弾んでいた。

「ああ、そうしよう」

「ね、あなた。私、よくやったでしょ？　賞《ほ》めてくれないの？」

「もちろん大したもんさ。お前にそこまでやれるとは思わなかったよ」

「私、見かけよりは頼りになるのよ。分ったでしょ？」

「よく分ったよ。——じゃ、もう遅いから寝るよ。お前も寝なさい」

「全然眠くならないの！　今日は私にとって最高の一日だったわ」

ほとんど、はしゃいでいると言ってもいい厚子は、その後も五、六分話をしてから、やっと電話を切った。

「——何てことだ」

と、寺山は思わず呟いた。

爽香が厚子と話しに行くと荻原里美が知らせてくれたので、厚子に予めそのことを教えた。

厚子が突然智恵子のことを聞かされれば動揺するに違いないと思ったからだ。

だが——厚子は、夫の話を聞いて、爽香とやり合うことになってしまった。

ホテルの部屋の中を、寺山は行きつ戻りつして、

「まさか……。厚子があんな風に……」

と、何度も呟いた。

「いつも通りの様子で、落ちついて話を聞け」

とだけ厚子に言った。

厚子は、誤解したのだ。いや、実際に爽香を前にして、今の暮しと家族を守るために、針ネズミのように全身で警戒し、つい抑えられずに食ってかかって行ったのだろう。

寺山はそんなつもりではなかった。

──厚子が得意げに話すのを聞きながら、寺山の顔から段々血の気がひいて行った。

爽香は何も言わずに帰って行ったそうだが、それは決して厚子にやり込められたからではなく、そんな状態の厚子に何を話してもむだだと思ったのだろう。

厚子は、爽香の夫のことまで持ち出したという。それは爽香にとって一番敏感なところだ。

厚子は、今まで折に触れて夫から聞いていた爽香に関する知識を総動員して反撃したのだ……。

「参った!」

寺山はベッドに引っくり返って、ため息をついた。

爽香も、これでもう何も後悔することなく、寺山をどこかへ飛ばすことだってできるのだ……。

いや、飛ばすだけですめばまだいい。爽香は、寺山があの柳井智恵子のために、金をつかっていることも承知している。

もし、詳しく調査を始めたら……。

「厚子の奴……」

寺山は、考えるにつれ、妻に腹を立てて行った。――俺の足を引張って、泥沼へ引きずり込むつもりか！

寺山は、今の仕事を失うことも怖かったが、何よりも、仕事を失えば智恵子まで失うことになるのが恐ろしかった。

あの若々しい滑らかな肌。――あれを自分だけのものにしておけるのなら、どんなことでもするだろう。

どんなことでも……。

寺山はベッドに起き上った。

厚子に言い聞かせて、爽香に謝らせるか？

いや、厚子はそんなことを承知しないだろう。

厚子にヒステリックに騒がれたら、と想像するだけでうんざりだ。

といって――寺山は社内に親しい人間がほとんどいない。

殊に、田端社長が高く買っている――そして寺山自身も、厚子にグチはこぼすものの、爽香が有能なことは認めている——爽香に逆らう人間はまずいない。

だがこのままでは……。

寺山は、ふと思い出した。

どうして考えなかったのだろう。——爽香は荻原里美を可愛がっている。

里美は、寺山が智恵子と付合っていることを知っても、なおかばってくれている。

そうだ。——里美が泣くようなことは、爽香も望んでいないはずだ。

寺山は、ケータイを手に取ると、里美へとかけた。


明け方近く、柳井智恵子はケータイの鳴る音で目を覚ました。

夜ふかしには慣れている智恵子だが、こんな時間は苦手だ。

何とか目を開けて、ベッドから身を乗り出すと、手を伸してケータイをつかんだ。

「間違い電話だったら、承知しないから！」

と呟いて、相手の番号を見ると、智恵子は眉《まゆ》をひそめた。

出ないわけにもいかず、

「——もしもし」

と、小声で言う。

「やあ、智恵子ちゃん。まだ起きてたのか」

と、少し舌足らずな男の声。

「そんなわけないでしょ。学校があるのよ。まだ寝てたの」

「そうか、ごめんよ」

「家にいる時間にはかけて来ないで、って頼んだじゃないの」

その口調は、十六歳の少女ではなかった。

「分ってるけどね。まあ聞きなさいよ」

と、男は言った。「この週末は、この辺に近付かない方がいいよ」

「何かあるの？」

と、智恵子が訊く。「手入れ？」

「そうじゃないんだ」

「じゃあ何なの？　はっきり言って」

智恵子は、ドアの外に人の気配がないのを確かめた。

「君がやばいことになってる」

と、男は言った。

「私が？」

「うん。君のことが、この一帯で〈要注意人物〉という扱いなんだ」

「どうして？　私、何もしてないわ」

「僕にも分らない」

と、男は言った。「ただ、智恵子ちゃんとは長い付合いだしさ。黙ってて何かあるといやだからね」

「何かある、って……。それ、どういう意味?」

「智恵子ちゃんに分らないことが、僕に分るわけないでしょ。でも、ともかくこの辺りに来ると危いってことは確か」

智恵子もすっかり目が覚めてしまった。

「危いって……。私が危いの? 私一人が?」

「噂じゃ、そうらしい」

「どんな噂?」

「詳しくは知らないけど、裏の世界じゃ有名な男がいるんだ。もちろん、僕も会ったことないよ。話に聞くだけ。凄く冷酷な殺し屋でね、トラブルを起した奴を消すのが仕事だって」

「殺し屋?」

智恵子は思わず笑ってしまった。「ちょっとTVの見過ぎじゃないの?」

「違う。そいつは本当にいるんだよ」

「でも、その殺し屋と私と、何の関係があるの?」

少し間があって、

「――奴は智恵子ちゃんを殺そうとしてるらしい」

一瞬、智恵子は寒気がした。

「――冗談言わないでよ。どうして高校一年生の女の子を殺すの？」

「理由は知らない。でも、何か心当りはないの？」

「あるわけないでしょ、そんなもの！」

「そうねえ……。でも、かなり確かな噂だよ。やっぱり、智恵子ちゃん、自分でも気が付いてないけど、何かやばいことしたんだよ」

智恵子も、その話が大真面目《おおまじめ》なものだと思わざるを得なかった。

「本当はね、智恵子ちゃんに知らせたと分ると、僕も危いんだけど、やっぱり黙っていられなくってね」

と、男は言った。「できるだけ、人の沢山いる所にいるようにした方がいいよ。用心してね」

「ありがとう……。ね、また何か分ったら教えて」

「うん、できたらね」

その口調は、「もうこれ以上係りたくない」と言っていた。「じゃ、お邪魔して――」

「いいえ……。あの――」

智恵子は切れてしまったケータイをしばらく眺めていた。

――殺し屋？

何のことだろう。

智恵子はベッドに改めて潜り込んで、眠ろうとしたが、目はすっかり冴《さ》えている。

「死」など、十六歳の少女にとっては遠い先のことで、全く現実味がない。

今、何かトラブルの原因になるようなことがあるとすれば……。

「まさか」

寺山が？

寺山とのことだろうか。――しかし、誰が智恵子を殺そうとまでするだろう？

寺山の奥さんが、もし二人の関係を知っていたとすれば、智恵子のことを恨んでいるかもしれないが、だからといって、人を雇って殺させることなど考えられない。

「――何なの、一体？」

と、智恵子は呟いた。

智恵子は――滅多にないことだが――不安に怯《おび》えていた。

14　身近な恐怖

会議はあと数分で終りそうだった。

麻生は一人、そっと席を立って会議室を出た。この後、爽香がすぐに出かけるので、車をビルの正面に回しておこうと思ったのである。

「――やあ」

麻生は、廊下で何となく落ちつかない様子で立っている荻原里美と目が合った。

「今日は」

と、里美はちょっと笑みを浮かべて、「ね、麻生さん……」

「うん？　どうかした？」

「あの――」

と言いかけて、里美は少しためらった。

「チーフに用かい？」

と、麻生が訊くと、里美はホッとしたように、

「うん、そうなの」と肯いて、「会議、終りそう?」

「もう少しでね。ただ、この後、すぐ現場のスタッフと打合せで出かけるんだ。今から車を出しに行くんだよ」

「そう……。時間、取れない？」

「今はちょっと無理だな。すぐ出ても、向うがぎりぎりの時間になる」

「忙しいものね、爽香さん。――ごめんなさい」

と、里美は早口に言って、そのまま行ってしまおうとした。

「里美ちゃん、何かチーフに伝えようか？」

と、麻生は声をかけたが、

「いいの。ありがとう」

と、里美は手を振って、小走りに立ち去った。

麻生はエレベーターへと急ぎながら、ちょっと小首をかしげた。

今の里美の様子が気にかかった。

里美のことを、爽香は妹のように気にかけている。何か話があれば、爽香のケータイへかけても構わないはずだ。

しかし、今の里美は……。

爽香が時間を取れないと知って、むしろホッとしたように見えた。

どういうことだろう？

――地下の駐車場から車を出してビルの正面につけると、ちょうど爽香がエレベーターから出て来るところだった。

「いいタイミングね」

と、爽香は車へ乗り込んで、「何とか間に合う？」

「この時間ならたぶん。――打合せの資料、座席に置きました」

「ありがとう」

車はすぐに空いた道を選んで走って行った。

「――チーフ」

「うん？」

「さっき、会議室の外で、里美ちゃんが待ってたんです」

爽香は顔を上げた。

「何か言ってた？」

「チーフと話したいようでした。でも今は時間がないと言ったら……」

麻生が、自分の受けた印象を話すと、爽香はちょっと難しい表情になって、

「そう。――里美ちゃんがね」

「良かったんでしょうか、ああ言っちゃって」

「ええ。この打合せは遅れるわけにいかないものね。——大丈夫。後で時間ができたら、電話しとくわ」

「はい。——やあ、この信号がこの程度の混《こ》み方だったら、少し早目に向うへ着きますよ、きっと」

「焦って事故起さないでね」

と、爽香は言った。

——里美の用は分っているような気がした。

寺山に頼まれたのではないか。爽香が、妻の厚子の話で気を悪くしているのではないかと心配した寺山が、里美に取りなしてくれるように頼んだのだろう。

もし、その想像が当っていたら、今は里美と話さない方が良かった。里美にでなく、寺山に対して腹を立ててしまうだろう。

——寺山は今夜には出張から帰ってくる。

当然、爽香があの柳井智恵子という女子高校生について知っているということも、寺山は厚子から聞いているはずだ。

寺山が爽香に対してどう出て来るか、今は予測できなかった。

ともかく今は——目の前の打合せのことを考えよう。

爽香は資料に目を落とした。

何だか、妙に頭がボーッとしていた。

――柳井智恵子は、学校の帰り、よくケーキを食べに寄る喫茶店に入っていた。

いつもはミルクティーなのだが、今日はコーヒーにした。むろん、それくらいで頭がすっきりするわけではなかったが。

原因はもちろん、今朝早くの、あの電話だ。

「変な話、聞かされちゃった」

と、ついグチが出る。

本気で心配した自分に腹も立つが、といって、たちの悪いいたずらと決めつけるのもためらわれた。

でも――どう考えても、殺し屋に狙われる覚えなんかない。

チーズケーキを食べながら、智恵子は鞄から、一冊のノートを取り出した。

正確にはノートと手帳の中間くらいのサイズ。革のカバーがついていて、黄色っぽい落葉のような色をしている。智恵子の好きな色だった。

ノートをめくると、智恵子はボールペンで今日の日付を記入した。

寺山と会った日、時間、場所が細かく記されている。そして、寺山から受け取ったお金の額も。

そこに記されている名前は、寺山だけではなかった。

智恵子はパラパラとページをめくった。

「――あ、智恵子」

と、呼びかけられて、パタッとノートを閉じる。

同じクラスの子が三人、連れ立って入って来た。

「一人？」

「うん」

「あ、チーズケーキ。私も食べよ」

と言ったのは、クラスで特に仲のいい笑野梨江《りえ》だった。

智恵子は、いつもどっちかというと一人でいるのが好きだ。しかし今日はこうして何人もでおしゃべりするのが嬉しかった。

やはり心の隅で、あの「殺し屋」のことを気にしている。そして、

「できるだけ人の沢山いる所に」

いた方がいい、という言葉を思い出すのだった。

ＴＶドラマの話とか、雑誌のこととか、どうでもいいような話をしていると、智恵子は大分落ちついて来た。

同時に、自分がいかに怯えていたか、気付かされた。

――そう。あんなドラマみたいな話。

信じたのが馬鹿だった。

「お客様の笑野梨江様」

と、レジの女性が呼んだ。「いらっしゃいますか」

「私？」

と、梨江が面食らっている。「でも、ここにいるなんて、知ってる子、いないのに」

「でも、笑野梨江なんて名前、他にいないわよ」

「そりゃそうだね。――私です」

「お電話です」

「はい」

首をかしげながら、梨江はレジへ行って受話器を取った。

「待ち合せしてて忘れたんじゃない？」

などと、残った三人は言い合っていたが……。

やがて梨江が、何だか妙な表情で戻ってくる。

「誰からだったの？」

と、智恵子が訊くと、

「うん……。知らない男の人」

他の三人は顔を見合せ、

「知らない人が、どうして電話してくるの?」

「分んないのよ。それが……智恵子のことなの」

「私?」

「智恵子――。寺山って人、知ってる?」

突然その名を出されて、さすがに動揺した。否定するには遅い。

「知ってるけど……」

「妹の久美《くみ》と同じクラスに寺山恵って子がいるの」

と、梨江は言った。「その子のお父さんのこと……」

智恵子も、寺山の娘が同じS女子学園の小学部に通っていることは知っていた。

「たぶん……知ってるけど。それがどうかした?」

「何だかね……。その男の人が言ったの。『柳井智恵子と一緒だろう。彼女に伝えろ』って」

「何を?」

「あのね――『寺山と付合うのはよせ』って……。その人が言ったのよ」

――智恵子は、言葉を失った。

その男はなぜ智恵子がここにいるのを知っていたのか。そして、梨江をわざわざ呼び出して、智恵子へ伝言させたのは、どうしてなのか……。

「智恵子。本当に、あの恵って子のお父さんと付合ってるの？」

「付合ってるっていっても……知り合い、っていうだけよ」

自分でも、むきになっているのが分る。みんな信じてくれないだろう。

「本当よ！」

と、智恵子は強調した。

「ならいいけど……」

梨江も、他の子も信じているとは思えなかった。

「ごめん、ちょっと」

智恵子は、店の奥の化粧室に立った。

冷たい水で思い切り顔を洗うと、鏡の中の自分を眺める。

「どういうことなの？」

と、自分へ問いかけても、分るわけがなかった。

化粧室を出て、テーブルへ戻ると、

「智恵子」

と、梨江は言った。「何か困ってるんだったら言って。力になるよ。おじいちゃん、国会議員だし」

「困ってることなんかないよ」

智恵子は辛《かろ》うじて笑顔で言った。

これ以上言われたら、梨江を怒鳴りつけてしまいそうだ。

席について、

「あれ？」

何かお尻《しり》の下に……。

二つにたたんだ紙。——手に取って開くと、走り書きのメモで、

〈いい友だちを持って幸せだな。お前も命を大切にしろ〉

智恵子は顔から血の気がひいた。

「これ、誰が置いたの？」

と言ったが——他の三人は当惑顔で、

「気が付かなかった……」

「誰か出てったね、今しがた。男の人だっけ？」

「そば通ったけど……。手紙？」

智恵子は、そのメモを手の中で握りつぶすと、

「何でもない」

と、固い表情で言った。「何でもない」

新幹線は新大阪の駅を発った。

――寺山は、座席でリクライニングを倒して寛いだ。少し時間が早くて、空《す》いていたのだ。仕事は簡単だった。

しかし、これも一日寺山を遠ざけるためかと思うと、腹立たしい。

といって、爽香に文句を言うわけにもいかない。帰れば、まず爽香へ結果の報告をしなくてはならないのだ。

里美には連絡したが、今日は一日爽香が出歩いていて、捕まらなかったという。

寺山は思い立って、席を立ち、デッキへ出た。

智恵子の声が聞きたかった。少しは気持が慰められるだろう。

ケータイで智恵子へかけると、少し長く呼び出してから、

「――もしもし」

「やあ、僕だ」

と、寺山は言った。「今出張から帰るところでね」

「そう」

「――どうした？　何だか元気がないね」

「もうかけて来ないで」

と、智恵子が言った。

「――何だって？」

「もう会わないわ。電話もしないで」

「どうしたっていうんだ？　僕が何か――」

「ともかく、もう終りなの！」

智恵子は叫ぶように言った。「これで終り。もう、かけて来ても出ないから」

「待ってくれよ。わけが分らないじゃないか」

通話は切れた。

寺山は呆然《ぼうぜん》として、手の中のケータイを見つめていた。

「智恵子……」

どうしたっていうんだ？

席へ戻って、寺山はぼんやりと車窓の外を眺めていた。

爽香が何かしたのか？　いや、爽香の「狙い」は寺山のはずだ。

そうなると……。

「厚子か……」

厚子が智恵子を脅すか何かしたのだろうか？

あいつならやりかねない。

そうだ。きっと厚子が——。

寺山は、今さらのように智恵子を失うことにショックを受けていた。

——東京までが、果てしなく遠く感じられた……。

15 怒り

「正直なところ、取り立てて良くできているとは思えませんでした」

と、寺山は言った。「ただ、こういうマンションは入居者が入れ替ることが前提ですから、その点、カーペットやクロスなど、交換しやすいように、家具の部分は予め避けて切ってあります。防音効果などで、多少問題はあるかもしれませんが、一つの方法だと思いました」

——スタッフルームで、寺山は〈レインボー・プロジェクト〉のスタッフに、大阪出張の報告をしていた。

もちろん爽香も出席して、こまめにメモを取っていた。

「品質はどうでした?」

と、爽香は訊いた。「特にカーペットやクロスの」

「まあ、何十年も使うことは想定していないので、それほど上質ではありません」

「そうですか。カーペットは、あまり毛足の長い高級品を使うと、却ってお年寄は足を取られて転ぶことがあるの」

と、爽香は言った。「ご苦労さまでした。お疲れでしょ。もう帰宅して下さい」

「はい」

寺山は資料を封筒へ戻して、「今夜は久しぶりに家族で外食しようということになっています」

「それはいいですね。——じゃ、これで解散」

爽香は肯いて言った。

スタッフがゾロゾロと出て行く。

寺山は、爽香と二人で話すべきか迷ったが、スタッフの一人が爽香の所へ行って話し始めたので、今日はこのまま出ることにした。

厚子と恵が、この近くのホテルで待っているはずだ。

一旦席に戻って、

「お先に」

と、他のスタッフへ声をかける。

仕度してエレベーターホールへ出ると、

「寺山さん」

と、呼ぶ声がした。

里美だ。寺山はちょっと周りを見てから、

「待ってたのか」

「ごめんね、頼まれたのに……」

「いいんだ。大丈夫だよ」

「何か話あった？」

「いや、今はスタッフがみんないたし」

「そう……」

寺山は、わざとらしく腕時計を見て、

「女房と娘を待たせてるんだ。じゃ、また」

と、ちょうどやって来たエレベーターへと駆け込んだ。

「寺山さん……」

里美は、閉じたエレベーターの前に、しばし立ち尽くしていた。

周りに誰もいなかったのに、優しい言葉一つかけてくれなかった……。

役に立たなかったことを怒っているのだろうか。

——里美は、寺山が柳井智恵子から、

「もう会わない」

と一方的に言われて動揺していたことを知らない。

里美は寂しい足どりで、自分の席へと戻って行った。

寺山は、厚子と恵の待っているホテルへと足早に歩きながら、ついケータイを手にしていた。

あのときは、何かあって智恵子も取り乱していたのかもしれない。

寺山は智恵子のケータイへかけてみた。

そうだ。俺は何もあの子を怒らせるようなことはしていない。

きっと智恵子も今ごろは、

「あんなひどいこと言って悪かった」

と思っているだろう。

そして、寺山からかかって来たらホッとして、

「ごめんね。あれは本気じゃなかったの」

と言ってくれる。

きっと……。

「――もしもし、僕だよ」

つながった、と思って言いかけた寺山は、すぐに通話を切られて、足を止めた。

「智恵子……」

やはり、あれは本気だったのか。

しかし、なぜ？

智恵子は怯えているかのようだった。そうだ。やはり誰かが智恵子を脅している。

「畜生!」

と、寺山は思わず声に出していた。

もう一度かけてみるか? いや、黙って切られる惨めさを味わうのは恐ろしかった。

そうする内、寺山はホテルに着いた。

ロビーに、すぐに厚子と恵の姿を見付けた。恵の方も父親に気付いて、

「パパ!」

と、手を振って駆けて来た。「——パパ、遅いよ!」

「仕事だったんだ。お腹が空いたか」

考えてみれば、娘がこんな風に手を握ったりしてくれるのは久しぶりだ。

「お帰りなさい」

と、厚子が言った。「どこで食事する?」

「俺はどこでもいい。お前たちの食べたいものにするさ」

「恵、何がいい? 中華? 鉄板焼?」

「鉄板焼がいい!」

恵が即座に答えた。

「よし、そうしよう」

――鉄板焼のコーナーは、ほぼ満席だったが、十分ほど待って、うまく三人分の席が空いた。

大きな鉄板を半円形に席が囲む。

寺山は正直、ホッとしていた。

鉄板焼だと三人とも同じ向きに並んで座ることになる。それに、目の前で肉や野菜を焼く音がうるさいので、あまり話をせずにすむのだ。

実際、恵は、巧みに肉や魚や海老《えび》をさばいていく職人技に見入っていた。

あまり話をしなくても間がもてる。――今の寺山にとってはありがたかった。

智恵子に振られた――いや、捨てられた、という思いは、寺山の胸で火のように燃えて中から焼き尽くそうとしていた。

金のことなど、全く頭に浮かばなかった。

ただ、あの少女の、まだ成熟し切らない体を抱くときの、身震いするような快感ばかりが思い出された。

「――会社ではどうだったの？」

厚子が唐突に訊いた。

寺山は一瞬、厚子が智恵子を脅したのではないかという疑念に再び捉われて、表情がこわばった。

しかし、夫婦は恵を間に挟んで座っていた。恵の頭越しにやり合うわけにはいかない。

寺山は、厚子の問いが聞こえなかったふりをすることにして、

「学校はどうだ」

と、恵に話しかけた。

恵の方は、目の前でみごとにからを外されていく海老に見とれていて、

「うん……」

と、気のない返事をしただけだった。

厚子は、夫がちゃんと聞こえていながら答えてくれないことに不服顔をした。

厚子にしてみれば、あの杉原爽香という「生意気な女」が、自分にやり込められてどんな風に夫を迎えたか、知りたかったのだ。

夫が自分に対して怒っているとは、夢にも思っていない。

しかし——まあ、同じテーブルに他の客も並んでいる。そういう話をするには適当でないかもしれない。

厚子は、目の前の皿に置かれた海老を食べることにした。

恵が、呆れるほどよく食べたせいもあって、食事の間は三人、和やかな家族でいられた。

「——お腹一杯！」

恵が大げさに息をついた。

「デザートは、あちらのお席で」

と、ウエイターに案内され、三人は普通の小テーブルのコーナーへと移った。

「涼しいわね」

と、厚子が言った。

鉄板のコーナーは、熱でいい加減暑く、汗をかくほどだったので、移ってくると涼しい感じがする。

「——アイスクリーム」

と、恵が注文して、「私、トイレに行ってくる」

と、席を立った。

「ご案内しましょう」

と、若いウエイトレスが恵に微笑みかけ、一緒に行ってくれる。

「——よく食べたな、あいつ」

と、寺山は冷たい水を飲んでホッと息をついた。

「あなた、どうだったの、会社の方？」

厚子は我慢していられなかった。

「別に、何でもなかった」

と、寺山は肩をすくめた。

「でも……」

「全員の前で報告しただけだ」

「そう」

厚子は、何か聞きたかったのだ。せめて、

「チーフがいつになくおとなしかった」

ぐらいのことを。

しかし、今の寺山は、爽香のことなど考えていなかった。

「――いつもありがとうございます」

通りかかった、このコーナーの責任者らしい男性が、寺山に挨拶して行った。

「あなた、ここによく来るの？」

と、厚子は訊いた。

「こんな所、滅多に来ないさ。大分前に、業者の接待で来たことがあるくらいだ」

「でも、『いつも』って言ったわ、今の人」

「誰にでもそう言うのさ。当り前じゃないか」

厚子は、夫が苛立っているのを見て、

「その子ね」

と、つい言っていた。「柳井智恵子って女子高生を連れて来たのね、ここに」

智恵子の名を出されて、寺山も黙っていられなくなった。

「お前、何を言ったんだ」

訊き返されて、厚子は面食らった。

「何の話？」

「とぼけなくてもいい。分ってる」

「あなた、何を言ってるの？」

「あの子を脅したんだろう。ひどく怯えてた。いい年齢《とし》をして何だ。相手は高校生だぞ」

厚子が夫の言葉を受け止めるのに、しばらくかかった。夫が何を言っているのか、そして自分に向って投げつけられた言葉がどれほどの侮辱か――。

「――脅した、ですって？　私が？」

「やってないと言うのか」

「あなた……。『いい年齢《とし》をして』ですって？　それは私の言うことよ」

厚子は身をのり出すようにして、「四十にもなって、女子高生と付合うなんて！　恥ずかしいと思わないの？　それを棚に上げて、私が女子高生にやきもちでも妬《や》いてると？　馬鹿《ばか》を言わないで！」

厚子も興奮して、声が高くなっていた。

周囲の客が話をやめて、寺山たちの方を見ている。寺山は、ここでこんな話を持ち出したことを後悔した。

「まあいい。ここではよそう」

と、目をそらす。

「自分に都合が悪くなると、そうやって逃げるのね」

「逃げちゃいない。ここじゃみっともないってだけだ」

「みっともないのは誰のせいよ」

厚子の口調にはとげがあった。「私にあんな思いをさせといて」

「あんな思い、ってのは何だ。杉原チーフのことか」

寺山は口もとを歪《ゆが》めて笑うと、「お前には分ってないんだ。亭主をクビにするような真似《まね》をしたってことがな」

「あなた……」

厚子は愕然とした。

「誰がチーフと喧嘩しろと言った？　あの人は優秀なんだ。お前の言うことにいちいち腹を立てたりしない。お前はあの人をやり込めたつもりでいるかもしれないが、とんでもない話だ。チーフは社長のお気に入りなんだ。お前のせいで俺が明日クビになってもふしぎじゃない」

寺山の声も、我知らず大きくなっていた。

周囲の客は、好奇心をむき出しにして、二人の話に耳を傾けている。

「――パパ」

恵が、少し離れた所に立っていた。戻って来たのに気付かなかったのだ。

「恵か。——座れ」

「パパ、怒ってるの？」

「怒ってなんかいるもんか」

恵が席に戻ると、さすがに寺山と厚子も言い争いはやめた。しかし、その代りに重苦しく気まずい沈黙が続いた。

——夫婦の言い争いに耳を傾けていた周囲の客の中に、一人、彼らに背を向ける格好で座っている男がいた。

コーヒーを一口飲んで、ウエイトレスを手招きすると、

「会計してくれ」

と言った。

現金払いである。——中川は殺し屋という職業柄、カードを持たない。払うのも払われるのも現金だ。

本当は、寺山と妻との言い争いをもっと聞いていたかったのだが、聞いている内に苛々して来た。

人前で、こんな風に自分を抑えられないのでは、まず殺し屋はつとまらない。

自分が仕掛けておきながら、中川は本気で寺山の言動に苛立っていた。

こういう奴は自分で泥沼にはまっていくだろう。いや、すでにどっぷりとはまって、身動きが取れなくなっているのかもしれない……。

支払いをすませると、

「ごちそうさま」

と、ウエイトレスへ微笑んで見せ、中川は一足先に席を立った。

16 決断

だらだらと時間は過ぎて行った。

体育館に、ボールのはねる音が響く。

柳井智恵子は、バレーボールの試合に加わろうとはせず、隅の方で床に腰をおろしていた。

女子校の体育の授業は、ほとんど「遊び」に近かった。

もちろん、中にはクラブなどで汗を流して頑張っている子もいたが、大方の子は、

「面倒くさい」

と、そっぽを向く。

智恵子もその一人である。

「――智恵子、やらないの?」

と、声をかけて来たのは、笑野梨江だ。

「うん。今日は調子悪い」

「そう」

梨江は、転《ころが》って来たボールを投げ返すと、「——大丈夫？」

と、智恵子と並んで腰をおろす。

お節介はやめて！　放っといてよ！

智恵子は心の中でそう叫んだ。

「心配かけてごめんね、梨江」

「いいのよ。ただ——大人と付合うの、危くない？　もし学校にばれたら……」

「分ってる」

「もちろん、私は絶対に言わないよ」

と、梨江は急いで言った。「でも、こういうことって、何となく知れ渡るし」

智恵子にも分っていた。

梨江は本気で言っている。口外しないでいてくれるだろう。

しかし、あのとき、梨江以外の子たちも、すべてを聞いている。誰も口外しないとは期待できなかった。

智恵子だって、もし他の子のその手の秘密を知ったら、黙っていられる自信はない。

「そうなったら、そのときよ」

と、智恵子は肩をすくめた。

「智恵子、強いね。——私なんか、臆病《おくびよう》だから、とっても無理」

「梨江……。あんた、いい人ね」

「いい人、なんて言わないでよ。友だちでしょ」

智恵子は、まだ男を知らないに違いない梨江を見た。——大人になるって、辛いことなのよ。痛くて、苦しいことなの。

「ばれたら退学だ」

と、智恵子は言った。

「そこまでは……」

「間違いなく、退学よ。だって、あの人のことだけじゃないもの」

「智恵子、他にも付合ってる人、いるの？」

「男だけじゃない、ってこと。六本木のクラブに出入りしてるし、ドラッグ売ってる人とも知り合い」

梨江は唖然《あぜん》として、

「それ、本当？　まさか……」

「自分じゃやってないわよ。そこまではね。——でも、そんな所へ出入りしてるだけで、補導されても仕方ないでしょ」

「智恵子、どうして？」

「分んないわ。ハラハラドキドキしたいのかな。一度そういう所の雰囲気味わうと、やめられなくなるの」

「でも……せめて高校出るまでは」

「梨江には縁のない世界よ」

と、智恵子は笑って、「さ、もうロッカールームに行って着替えよう」

と立ち上る。

「あと十分あるよ」

「いいの。先生に訊かれたら、智恵子は男と会ってます、とでも言って」

「智恵子——」

智恵子は、体育館を出ると、ロッカールームへと向った。

「馬鹿ね！」

と、智恵子は独り言を言った。

こんなことでやけになってどうするの？　私はその辺の女子高生とは違うのよ。

そう。私は大人なんだから！

ロッカールームへ入り、自分のロッカーを開けようとして、智恵子の手は止った。

鍵が開いてる？

ここのロッカーは、自分で四桁《けた》の番号を入力するやり方だ。学校のロッカーとしては珍しいくらい、しっかりした作りである。

それが……。

ロックするのを忘れたのかしら？

智恵子はそういう点、几帳面である。まず滅多に――。

扉を開けて、青ざめた。

中がかき回されている。一目でそれと分る。

でも……お金なんて大して持っていないけど……。

中を探って、智恵子の顔がこわばった。

まさか！――まさか、そんなこと！

あのノート。あの落葉色の革のカバーのついたノートが、なくなっていた。

財布も、カードもそのままだ。

明らかに、あのノートだけを狙って盗んでいる。

「でも――誰が？」

智恵子は思い出した。

あの喫茶店。梨江に男から電話が入ったとき、智恵子は一人でこのノートを見ていた。

男はあの店の中にいて、智恵子がノートをめくるのを見ていたのだろう。

「誰なの？　誰なのよ！」

智恵子はロッカールームの中を見回して、叫ぶように言った。「私が何をしたのよ！」

——その声はロッカールームの中に響いて消えた。

「——本日はおめでとうございます」

爽香はマイクの前に立って言った。

明るいライトが当って、少しまぶしい。

細かい設計図やデータを見続けている目には、きつかった。

挨拶そのものは型通り。

今夜は、〈レインボー・ハウス〉の建設を担当している建設会社の会長の喜寿《きじゅ》の祝いである。

ホテルの宴会場を借りてのパーティ。

まあ、爽香にしたところで、当の会長とは挨拶したことがあるくらいで、特に知り合いというわけではない。

出席している何百人かの、半分以上はその程度の縁だろう。

二、三分のスピーチで壇を下り、まだ元気一杯の会長と握手をする。——これで、仕事は終りだ。

「——ああ、くたびれた」

と、人の間に紛れ、会場の隅で一息つく。

今週、この類のパーティにいくつ出ただろう。五つ？　六つ？

麻生が人をかき分けてやって来た。

「やあ、食べた？」

「はあ、しっかり」

と、麻生は肯いた。「実はさっき、ケータイに電話が」

「誰から？」

「松田《まつだ》さんという女性です」

「どこの松田さんだろ」

「S女子学園の方だそうです」

「S女子って……」

「あの柳井智恵子の通ってる学校です」

「――用件は？」

「直接お話したいと。この番号です」

スピーチの間は、ケータイを麻生へ預けておく。

爽香はグラスを麻生へ渡して、ケータイの着信記録の番号へかけながら、パーティ会場を出た。

ロビーのソファに腰をおろす。

「――チーフ」

「松田美子《よしこ》と申します」

「――松田です」

「お電話いただきました杉原です」

「どうも。私、S女子学園の高等部長をしている松田美子と申します」

いかにも年配の教師らしい、きっちりした口調である。「今、お話していて大丈夫ですか？」

「はい。パーティに出ていまして。ここは人のいないロビーですから」

「実は、あなたが寺山雄太郎さんの上司とうかがったものですから」

「はあ。――上司というわけではありませんが、同じプロジェクトで働いております。私がチーフという立場で」

「寺山さんに直接お話する前に、ご相談したいと思いまして」

「寺山が何か……」

「私どもの高等部一年に、柳井智恵子という生徒がおります。実は、その子のノートが、今日の午後、私のデスクの上に置かれていたんです」

「それは――送られた、ということでしょうか」

「いえ、誰かが私のいない間に置いて行ったようです。誰なのか分りません」

「そのノートが何か？」

「男性と付合った記録なのです。それも二人三人ではありません。今、続いているのが、寺山さんという男性のようで」

「そうですか……」

「勤務先も書いてあって、いつ、どこで会ったかも。——それだけではなく、かなりの額のお金を受け取った記録もあります」

爽香は、来るべきものが来た、と思った。

「そのことは、柳井智恵子さん当人には――」

「まだ話していませんが、これがすべて作りごととも思えません」

「分ります。――いずれにせよ、大人の方に責任が。申しわけありません」

「いえ、別にそちらを責めるつもりではありません。ただ、この件で柳井智恵子を処分するとなれば――」

「承知しています。実は、こちらでも寺山のことは調査していたところでした」

「そうでしょうね。これだけのお金、普通のお給料からだけでは工面できないと思いますわ」

爽香は少し間を置いて、

「――そのノートを拝見させていただけますか」

と訊いた。

「ええ。お貸しするというわけにはいきませんが、コピーを取っておきましょう」

「お願いします。今夜、これから伺ってもよろしいでしょうか」

「どうぞ」

と、松田美子は言った。「まだ学校におります。場所はお分りですか」

「大体分ります」

「校門前へ着かれたら、こちらへ電話を」

——爽香は麻生を手招きして、

「S女子学園へ行くわ。車、出して」

「これからですか」

「夜の方が、こういう話には向いてるわ」

と、爽香は言った。


「どうして真暗《まっくら》なんだ……」

寺山は、玄関を入って、ブツブツ言いながら明りをつけた。

厚子と恵、二人とも帰っていないのは珍しい。

「おい」

と、声をかけても返事があるわけはなく、寺山は、ともかく居間の明りをつけて、ネクタイをむしり取ると、ソファに放り投げた。

「——どこへ行ったんだ？」

グチっても、一人では空しい。

寺山はソファにドッカと身を沈めて、息をついた。

今夜に限って……。

いつもなら、こんな時間に帰るときは外で夕食をとってくる。しかし、今日は何となく家へ帰ってから食べようと思ったのだ。

寺山はケータイを取り出して、厚子のケータイにかけてみた。

だが、電源を切っているらしく、つながらない。

「やれやれ……」

ケータイをテーブルに投げ出すと——そこに白い封筒が置かれていた。

何だ？

寺山は手に取った。中の手紙を開くと、厚子の神経質そうな字で、

〈恵を連れて、実家へ帰ります。当分戻りません。厚子〉

とある。

「——どういうことだ？」

寺山はくり返し読んで、その手紙を投げ出した。

「ふざけやがって！」

俺が何をしたって言うんだ！

寺山は、自分でもびっくりするほど、妻と子が出て行ったことに動揺していた。

17　孤独なページ

夜遅く、学校の校舎に入ることは、滅多にない経験である。

――〈S女子学園〉の正門前で車を降り、爽香がケータイで電話すると、すぐにスーツ姿の婦人がやって来て、警備の人間に正門を開けさせた。

「杉原です」

と、爽香が名のると、

「わざわざおいでいただいて、すみません」

と、その婦人は会釈した。「松田美子です。――どうぞ」

正門を入ると、すぐに校舎がある。

静まり返った校舎の廊下を歩いて行くと、爽香はつい途中の教室などを覗きたくなって困った。

「――どうかなさいました？」

松田美子が振り向いて言った。

「すみません！　つい——自分の学生時代のことを思い出してしまって」

と、爽香は言った。

「女子校でいらした？」

「いいえ、共学でした。クラブ活動なんかで、文化祭の前には泊り込んだりしたのが懐しくて……」

と言ってから、爽香は急いで、「申しわけありません。つまらないことを言って」

「いいえ」

と、松田美子は微笑んだ。「私も学生のとき、泊り込んだことがありますよ。何だか凄く冒険をしているような気がして、興奮しましたね」

「ええ、本当に」

松田美子は、電話での話から爽香が想像していたよりは若い様子だ。五十歳になるかどうかというところだろう。

教師らしい雰囲気という点では布子と似ている。

「——どうぞ」

〈高等部長室〉という札の下った部屋へ、爽香は入った。

古びた重々しい机が正面に一つ。

その前に来客用の応接セット。これもかなりの「年代物」だ。

「こんな時間なので、お茶もお出しできませんが」

と、松田美子は言った。

「そんなお気づかいは――。それより、柳井智恵子さんという生徒さんのことですが、今、一年生ですね」

「ええ、十六歳です」

松田美子が、手帳を少し大きくしたようなそのノートを応接セットの机に置く。

「事情はともあれ、私どもの社員が、こんなことを起し、申しわけありません」

と、爽香は頭を下げた。

「いいえ。これを見ると、どっちが悪いとも言えない気がします」

「でも、柳井智恵子さんはまだ未成年です。彼女のことを第一に考えるべきだと思います。

――寺山の処分については、社長とも相談して、早急に決めたいと思います」

「分りました」

松田美子は、ちょっと息をついて、「生徒のことを考えて下さってありがとうございます。でも――ここは私立の女子校です。私は、この子と何か月でも時間をかけて話し合いたいと思いますが、処分は私一人では決められません」

爽香は黙っていた。松田美子は続けて、

「学園長や理事に、このことを報告しないわけにはいきません。そうなれば、自然この件は広まっていくでしょう。たぶん——いえ、まず間違いなく、理事会は柳井智恵子に自主的な退学を迫ることになります。具体的には彼女の両親に、ですが」

「分ります。私立校としては、評判というものも大切ですから。でも、これは柳井智恵子さん一人に責任を取らせてすむことではないと思います。十六歳は子供ではありませんが、大人でもありません。——私はこんなことを申し上げる立場ではありませんが、彼女の処分を性急に決めないであげて下さい」

　松田美子は微笑んで、

「あなたの方が教師で、私の方が企業の人間みたいですね」

と言った。「でも、正直なところ、難しいでしょう。新鮮なリンゴの中に腐ったリンゴが一個入っていると、周囲のリンゴも腐っていく。父母会はそう考えるでしょうから」

　これはよほどのことだ、と爽香は思った。

「ノートを拝見してもよろしいでしょうか」

「どうぞ。コピーを一部取ってあります」

　爽香は、ノートのページをめくって行った。


　玄関を上ると、ちょうど電話の鳴るのが聞こえた。

　明男は、居間の明りを点《つ》けて、すぐに受話器を上げた。

「杉原です」

「麻生です」

「やあ、どうも」

と、明男はソファにかけて、「まだ会社に？」

「いえ、ちょっと急な用件で、チーフは今Ｓ女子学園に来ておいでです」

「学校に？　こんな時間にね。何かよほどのことらしいね」

「ご連絡しておくようにと言われましたので」

麻生の律儀《りちぎ》なことは、明男もよく知っている。

「わざわざありがとう。大分かかりそうかな」

「どうでしょうか。ここが終れば、すぐにお宅へお送りします」

「よろしく。君も遅くまで大変だね」

と、明男は言った。

「いえ、私は車の中で待っているだけですから」

と、麻生は言った。

「それじゃ、爽香をよろしく」

明男は電話を切って、息をついた。

カーテンを閉め、上着を脱ぐ。

――爽香が明男より早く帰っていることはほとんどなかった。

もちろん、それで不平を言うような明男ではない。爽香の体を心配はしているが、今のプロジェクトにかける彼女の情熱もよく分っていた。

明男自身も忙しい身だ。病気でもして爽香に心配をかけてはいけない、と思っている。

食事はきちんと取っている。幸い、二人の収入を合せれば、食事代をそう無理して倹約しなくてもやっていけた。

爽香の方が、むしろパーティなどで中途半端に食べて、疲れて帰宅すると、食事するのが面倒で、そのまま寝てしまったりする。

明男はできるだけ爽香に少しでも食べさせるようにしていた。

「――誰だ?」

玄関のチャイムが鳴るのを聞いて、明男は思わず呟いた。

インタホンで、

「どなたですか?」

と訊いた。

返事がない。――明男は、玄関へ出て行った。

ドアのスコープに目を当てると、うつむき加減の女の子の顔が見えた。

急いでドアを開ける。

「綾香ちゃんじゃないか。どうしたんだ?」

爽香の兄、充夫の長女、綾香が立っていたのだ。

「——ごめんなさい、こんな時間に」

と、綾香は言った。「爽香おばちゃん、いる?」

「まだ帰ってないんだ。ともかく入りなさい」

「じゃ……。今、帰ったの?」

「僕か? うん、ちょっと前にね。——さあ、上って」

居間へ入ると、綾香は安心したように息をついた。

「ソファにかけて。——何か飲む?」

と、明男は言った。「爽香が帰るのは、もう少し遅くなると思うよ。綾香ちゃん、夕飯、食べたのかい?」

綾香は、ソファにそっと腰をおろして、

「少し……」

と言った。

「ちゃんと食べないと。冷凍ものなら何かあるよ。食べるかい?」

綾香はちょっと微笑んで肯いた。

「よし、待ってろ。旨いピラフを作ってやる!」

と、明男は言った。

電子レンジで作れるので、むろん何もしなくていいのだが。

「いつもこんなに遅いの？」

と、綾香が訊く。

「そうだな。今、大変な時期らしいから。――ね、綾香ちゃん。一人で出かけて来たの？　おうちには言ってあるのかい？」

「――言ってない」

と、目を伏せて、「でも大丈夫。今日はお母さん、家にいるから」

と、急いで続けた。

「そうか。でも……。まあ、爽香が帰ったらゆっくり話すんだね」

「ごめんなさい。疲れて帰って来るのに」

「なに、君のことはいつも気にかけてる。心配しなくていいよ」

綾香は立ち上ると、

「ちょっとトイレ借りるね」

「ああ。分るね、場所は」

「うん」

と歩き出した綾香は、急にフラッとよろけたと思うと、カーペットの上に崩れるように倒れてしまった。

そのノートを読み進むのに、そう時間はかからなかった。

それは日記というようなものではなかった。単なるデータが列記してあるだけだったのである。

〈五月十一日　滝田さんと〈N〉で会う。食事した後、ホテル〈S〉で過す。三万円もらう〉

その書き方のスタイルは、ずっと一貫していた。

男の名前が変り、ホテルが変るが、記述そのものは同じだ。

読んでいる内、爽香は寒々とした気分に捉えられた。——ここには恋もなければ、お金をもらって嬉しいという言葉さえない。

ただ淡々と名前、金額が記されているだけだ。

「——時期からみて、中学生のころからつけているんですね」

と、爽香は言った。

「そうなんです。中学のころの柳井智恵子はよく知りませんが、ともかく可愛いし、頭もいい、憧れを集める子です。それなのに……」

どこか、充《み》たされないものを抱えていたのだろう。それがなぜだったか、爽香にも分らないが。

爽香の手が止った。

違う記述が始まる。

〈六本木〈S〉のKさん。知らなかった世界。面白い〉

面白い。——たったひと言、感情の表現が見られた。

「六本木の〈S〉は、危いクラブです」

と、松田美子が言った。「最新のドラッグが手に入る場所だということでした」

「ドラッグ……」

「柳井智恵子がその手のものを使っているとは思えません。体調や顔色に出ますからね」

「でも、この店に出入りしていたんでしょうか」

「そのようです」

これでは、柳井智恵子が退学になるのを止めることはできそうにない。

そして、やがて男の記述の中に、〈寺山さん〉の名が出てくる。〈寺山雄太郎・G興産勤務〉

とまで記《しる》してある。

そのとき、爽香のケータイが鳴った。

「申しわけありません」

明男からだ。——爽香がここに来ていることは、麻生が知らせているはずだ。

「——もしもし」

「爽香、すまない」

明男の声は緊張していた。「実は綾香ちゃんが急に訪ねて来て」

「うちへ？」

「それで、突然倒れちまったんだ。気を失ってるみたいで」

「そんなこと……」

「救急車を呼んだ」

「分った。帰るわ。あなた、ついて行ってくれる？」

「もちろん。病院に着いたら、また連絡するよ」

「ありがとう」

綾香が倒れた？　――何があったのだろう。

「先生、申しわけありません」

と、爽香は言った。「親戚《しんせき》の者が急に入院することになったようで……。コピーをいただいて行ってよろしいですか」

「ええ、もちろん」

「では――。寺山について、何かお知りになりたければ、いつでもご連絡下さい」

爽香は、そのノートのコピーをもらって、高等部長室を出た。

松田美子は、校門の所まで爽香を送って来て、

「お会いできて良かったですわ」

と言った。「あなたも、色んな苦労を一人で背負うタイプの方ですね」

爽香はちょっと考えて、

「たぶん――先生もそういう方ですね」

と言った。

18　目の前の問題

「爽香」

明男が手を振った。

「ごめん！　少し捜しちゃった」

爽香も、この病院に来るのは初めてだ。

「なかなか救急病院でも受け入れてくれないんだ。ここが三つ目だよ」

明男は静かな廊下を、先に立って歩いて行く。

「――今、綾香ちゃんは？」

「点滴を受けてるよ。まあ、単純な貧血らしい」

「それならいいけど……」

綾香の年代には、珍しいことではない。

「まだ充夫さんに連絡してない」

と、明男が言った。「お前から知らせた方がいいだろう」

「そうね。——まずお医者さんのお話を聞きましょう」

当直は、幸い中年の穏やかな女医だった。

「——叔母です」

と、爽香は挨拶して、「あの……意識は戻っていますか」

「ええ。あと一時間ほど点滴がかかります」

と、女医は言った。「できれば今夜は一晩入院された方がいいでしょう。睡眠薬をのんで眠った方が……」

「兄の子なんです。連絡して、来るように言います」

「そうですね……」

と、女医は少しためらって、「実は、当人が両親は呼ばないでくれ、と」

「まあ。そう言っているんですか？」

「爽香さんというのが、あなたですね」

「そうです」

「どうやら、親よりもあなたの方を頼れる人と思っているようですね」

「はあ……。兄のところは、色々問題を抱えているものですから」

他に言いようがない。

「それで……」

と、女医は言った。「ご存じでしょうか。あの娘さんが妊娠しているのを」

眠気が一度に吹っ飛んでしまった。

「おはようございます」

爽香は社長室の入口で一礼した。

と、顔を上げた田端将夫は、爽香を一目見るなり、「どうした」

「やあ」

と、目を見開いた。

「ほとんど寝てないな？　そんなことじゃ倒れちまうぞ」

「どう頑張っても、眠れない夜もあります」

と、爽香は入って来ると、「少しお時間をいただいてもよろしいでしょうか」

「ああ。——コーヒーでも飲むか」

「いただきます」

爽香は、田端のデスクの前に椅子を持って来て、腰をおろした。

田端が秘書にコーヒーを二つ持って来させると、爽香は一口二口飲んでホッと息をついた。

「——ありがとうございます」

と、コーヒーカップを置いて、「そんなにひどい顔してますか」

「うん。疲れ切ってる。目の下にくまができてるしな」

爽香はちょっと微笑んで、

「眉間《みけん》のしわが深くなりそうです、これから」

と言った。

「どうした」

「プロジェクトの寺山さんについて、問題が起りました」

「寺山……。寺山雄太郎だったかな」

田端は机の上のパソコンに手を伸して、社員のデータを呼び出した。

「――寺山がどうした?」

「資材調達で、指定のものより品質を落とし、差額を着服していたと思われます」

田端の顔がこわばった。

「確かか」

もちろん、確かでなければ爽香がここにいないのは承知している。

「ただ、一部のクロスなどだけで、多品目に渡ってはいません。期間的にも、まだ長くないので。――現場の両角さんにクロスの品質の違いを指摘されて分りました」

田端は深々と息をついた。

「――いつか、こんなことも起るとは思っていたが」

「申しわけありません」

「いや、君のせいじゃない。それで、寺山はどれくらいの金額を？」

「正確なところは今計算させていますが、約三百万ほどだと思います」

「その程度で気が付いて良かった。で、その金は何に使ってたんだ？」

「十六歳の女子高生との交際です」

爽香は、柳井智恵子のことを説明した。

「――このノートのコピーに、寺山さんから毎回いくらもらったか、細かくつけてあります」

「十六歳か。事件になるな」

「はい。ただ――学校側は表沙汰《おもてざた》にされることを嫌うでしょう。早々に退学させると思います」

「微妙だな。もし逮捕となれば……」

「柳井智恵子と同じS女子の小学部に、寺山さんの娘さんが通っています」

「それは可哀そうだな」

田端の表情がかげった。「寺山も、自分の娘のことを考えなかったのか」

少し考えて、田端は、

「寺山をここへ呼ぼう」

と言った。

「それが、今日は出社していないんです」

「連絡は？」

「休暇届は出ていません。当人からも何も言って来ていないんです」

田端は少し考えて、

「そのことが発覚したと知ったのかな。どう思う？」

「分りません。——社長へお話ししてからと思い、まだこちらからは連絡していないんですが」

「そうか。——誰か、寺山の自宅へ行かせよう」

「それなら私が」

「君が？　大丈夫か。あの麻生と一緒に行けよ」

「そうします」

「ともかく、話を聞こう。寺山にも言い分があるかもしれない」

「はい」

爽香は立ち上った。「早速出かけます」

「ああ」

田端は、社長室を出て行こうとする爽香へ、「おい」

と、声をかけた。「君が責任を感じることはないぞ。いいな」

爽香は黙って一礼すると、ドアを開けて出て行った。

雰囲気というものは、敏感に生徒たちへ伝わるものである。

朝、教室へ入った柳井智恵子は、どこかいつになくざわついた空気に気付いた。

しかし、それはまだ智恵子へのものではなかった。

「智恵子」

笑野梨江がそばへやって来て、小声で言った。「ゆうべ遅く、うちに学校から電話があった」

「何の用で？」

「分らないけど、今朝、臨時の理事会があるって」

「そう」

智恵子は肯いて、「いよいよやばいか」

「智恵子。——先に、先生の所に謝りに行こう。自分から謝りに行けば、印象も違うよ。私、一緒に行くから」

智恵子は、梨江の手を軽く握って、

「ありがとう」

と微笑んだ。「でも、もう手遅れよ。——私は平気。覚悟してるもの」

「でも……」

始業のチャイムが鳴った。

少しして、担任の教師が入って来ると、

「今日は朝のHRは自習」

と告げて、「柳井さん」

と呼んだ。

「はい」

「ちょっと、高等部長室へ来て」

「はい」

智恵子は顔色一つ変えなかった。

廊下へ出ると、智恵子は、

「先生、時間がかかりますか」

と訊いた。

「たぶんね」

「ちょっとロッカー室へ寄って行っていいですか。今、生理なので」

「そう。――じゃ、高等部長室で待ってるわ」

「すぐ行きます」

智恵子はロッカー室へ入ると、ロッカーからポーチを出して、首にかけた。

廊下に人影がないのを確かめ、足早に校舎を出る。

財布はポーチの中だ。

校門を出ると、通りかかったタクシーを停めた。

「六本木まで」

と、運転手に告げて、智恵子は座席に落ちついた。

――あのノートが失くなった翌朝だ。偶然のはずがない。

先生たちが怒ったり、嘆き悲しむのを見せられたくなかった。どうせ退学なら、処分だけ教えてくれればそれでいい。

智恵子は、ケータイを取り出した。


爽香は車の中で眠っていた。

麻生は、それが分っているので、わざとゆっくり車を走らせた。渋滞していそうな道をわざと選んだりしたのだが、それでも一時間ほどで寺山の家の前に車を寄せた。

「――チーフ」

小声で呼ばれて、爽香はさすがにパッと目を覚ました。

「着いた？　――ごめんね。寝るつもりじゃなかったのに」

と、爽香は頭を振った。

「大丈夫ですか？」

「ええ」

爽香は車を降りると、「君はここで待ってて」

「一緒に行きます」

と、麻生は車を降りた。「社長から念を押されています。チーフが何と言っても、そばから離れるなと」

「社長がそんなこと言ったの？」

爽香は苦笑した。「いいわ。じゃ、行きましょ」

玄関のチャイムを鳴らしたが、返事はなかった。

「いないんでしょうか」

「そうね……」

「電話してみますか？」

「かけてみて」

麻生がケータイで、寺山の自宅とケータイへかけてみたが、

「出ません」

「つながってはいる？」

「はい、呼出しています」

爽香は、少し迷っていたが、

「仕方ないわ。出直しましょう」

と言った。

二人が車の方へ戻ろうとしたとき、玄関のドアがカチャリと音をたてた。

19　枯れた町

玄関のドアが開き、寺山が出て来た。

「寺山さん」

と、爽香は呼びかけた。

しかし、様子がおかしい。寺山は、チャイムの鳴るのに答えて出て来たのではないようだった。ひどくせかせかと出て来て、爽香と麻生のそばをそのまま通り過ぎようとする。

「寺山さん！」

麻生が寺山の腕をつかんだ。

寺山は振り向くと、初めて二人に気付いたようで、

「何してるんです、こんな所で？」

と言った。

爽香は、寺山が普通の状態ではない、と思った。目は真赤に充血し、ひげも当っていない。

おそらく、昨日帰宅したままなのだろう。

「寺山さん。お話ししたいことがあるの。家の中に戻りましょう」

爽香は、できるだけ穏やかな口調で言った。

「すみませんね、チーフ」

寺山は、いつもの人当りのいい言い方で、「せっかくおいでいただいたのに。僕はね、これからちょっと出かけなきゃいけないんですよ」

「時間は取らせないわ」

「いや、後にして下さい。あの子が待ってる。行ってやらなきゃならないんです」

寺山は麻生の手を振り払うと、「急ぐんです。すぐ来てくれと言ってるんですよ」

と、ほとんど小走りに行ってしまった。

「チーフ」

と、麻生が見る。

「柳井智恵子と会うらしいわね」

寺山が、通りかかったタクシーを停め、乗り込んだ。

「麻生君、タクシーを追いかけよう」

「はい！」

二人は急いで車へ乗り込んだ。

タクシーの後をついて行くのは、そう難しくなかった。

爽香は助手席に座っていたが、ケータイを取り出して、あのS女子学園の松田美子へかけた。

「ゆうべお邪魔した杉原です」

「杉原さん、柳井智恵子が学校から姿を消したんです」

やはりそうか。

爽香は、松田美子へ今の状況を説明した。

「——では、寺山さんは柳井智恵子に会いに？」

「間違いないと思います。彼女が呼び出したようです」

「どこへ向っています？」

「それは分りません。都心へ向っています」

「そうですか……」

松田美子は少し考え込んでいる風だったが、「——爽香さん」

と、名前の方を呼んだ。

「はい」

「あなたのお考えは？」

「さあ……。たぶん、どこかのホテルか——もしかしたら、あのノートにあった、六本木のクラブかもしれません」

「私もそう思っていました」

と、松田美子はホッとしたように、「生徒のことです。私も学校を出て、そっちへ向います。途中、連絡をして下さい」

「分りました」

爽香は、松田美子のケータイ番号を聞いた。

「――どうなるんですかね」

と、麻生は言った。「この道なら、たぶん六本木へ出ますよ、寺山さんは」

「そう。やっぱりね」

「あの女の子は――」

「退学になるでしょうね、きっと。でも、ここまでくるには何か事情があったはず」

「そうですね」

と、麻生は肯いたが、「でも、チーフ」

「何？」

「もしかすると危険なことが……」

「まあね。でも、仕方ないじゃない。麻生君は大事な体よ。何かあったら、すぐ逃げて」

「そんなことできませんよ」

「私も逃げるから」

「チーフが先です。チーフ抜きじゃ、〈レインボー・プロジェクト〉は進みません」

「それはどうかしら。――寺山さんの件で、誰かが責任を取らないと」

「チーフが？　だめですよ、そんなの！」

「管理職って、そういうものなのよ」

「チーフは管理職じゃないって、いつも言ってるじゃありませんか」

「私はそう思ってるけど、社内にはそう思わない人も大勢いる」

「そんなの――」

と言いかけて、「チーフ。怒らないで下さいね」

「何を？」

「ご主人を呼びましょう」

「え？」

爽香はびっくりした。「仕事中よ」

「でも、危険な目に遭うかもしれないと分ってて、何も知らせなかったら、きっと後でご主人に恨まれます」

爽香は前を行く、寺山の乗ったタクシーを見つめていた。

ケータイで明男にかける。

「――爽香か。どうした？」

よほどのことがない限り、仕事中に電話してくる爽香でないことは、明男も承知している。

「ごめんね。でも、麻生君が黙ってちゃいけないって言うもんだから」

爽香が手短かに状況を話すと、

「分った。知らせてくれて良かった。六本木の方へ向うよ」

「遠いの？」

「いや、道が混んでなきゃ、二十分くらいだろう。行先が変りそうなら、また連絡してくれ」

「うん」

爽香は、ホッと息をついた。「――麻生君、ありがとう」

「ご主人の仕事先で何かあれば、僕が証言します」

爽香の胸が熱くなった。麻生の気持が嬉しい。

しかし、あの寺山の様子は普通ではない。おそらく、妻の厚子と娘は家を出たのだろう。

寺山のように、柳井智恵子のために家庭を捨て、将来を棒に振った男は他にもいただろう。

なぜ柳井智恵子はそこまでやったのだろうか。しかも、あのノートには、男を愛したことも、お金を欲しがったこともない少女の姿が見えてくる。

たった十六歳で、そこまで人を信じないで生きていけるものなのか……。

爽香は、柳井智恵子の心に潜むものが何なのか、知りたかった。

智恵子はタクシーを降りた。

昼間もにぎわう表通りから脇道へそれて、坂道を下って行く。

細い道、扉を閉ざした小さな店が並ぶ。

こんな時間には、もちろんどこも開いていない。

智恵子も、こんな時間に来るのは初めてだった。

夜は、華やかさとは別種の、それでもどこか怪しげな魅力のある通りが、今はまるでひからびてしまったように、寒々としている。

誰もいないだろうか？

智恵子は、その店の前で足を止め、入口のドアを叩いた。

しばらくは返事がなく、智恵子は二度、三度、ドアを叩いた。

十分近く待って、諦めかけたとき、ドアの向うに人の気配がした。

「——誰？」

と、ドア越しの声。

「私、智恵子よ」

少しして、ドアが開いた。レースの飾りのついたシャツの胸をはだけた、色白な男が顔を出す。

「ごめんね、トミー。こんな時間に」

「早く入って」

と促す。

智恵子は店の中へ入った。

ムッとするアルコールとタバコの匂《にお》い。

「誰かいるの？」

「まだ起きてないよ。——二階で寝てる。どうしたの？」

「学校にばれたの。退学だわ」

「そう……。でも、私たちにはどうにもしてあげられない」

「ええ、分ってる。——ね、トミー、私のことを狙ってる男がいる、って言ったわね。誰なの？」

「そんなこと聞いてどうするの」

「どうして私を？　訊いてみたい」

トミーという呼び名でしか知らない、その男は、青白く、年齢のよく分らない顔立ちだった。

「あんたは、こんな所に向かない子なのよ」

と、トミーは言った。「普通の女の子に戻りなさい。今の内に」

智恵子は、カウンターのスツールに腰をかけた。

「もう遅いわ」

智恵子の言葉は、生きることに疲れた大人のそれだった。

「じゃあ……どうするの？」

「トミー、私……」

「だめだめ」

と、トミーは即座に首を振って、「あんたは、それだけは手を出さなかったじゃない。それをやり始めたら、あんたはもう智恵子じゃなくなる」

「それなら、その『殺し屋』さんとかに会わせてよ！　私を殺してって頼んでちょうだい」

「どうかしてるよ、智恵子。――退学になったって、他に学校はいくらもあるじゃないの。何も自分で自分をボロボロにすることないわ」

智恵子はニッコリ笑った。

「ねえ、ドラッグだけが、人をボロボロにすると思ってるの？　他にもあるのよ。麻薬以上に怖いものがね」

智恵子はケータイを取り出して、ボタンを押した。「――もしもし。寺山さん、今どこ？――じゃ、もうすぐ着くわね」

智恵子の顔から表情が消えて行く。

「――そこまで来たら、電話して。本気ね？　さっきの話よ。――ええ、私は覚悟できてるわ。あなたは？」

トミーは、不安げに智恵子を見ていたが、カウンターの中へ入ると、グラスにウイスキーを注いで、通話を終えた智恵子に言った。

「覚悟って、何？　寺山って、例の男でしょ」

「ええ。——あの人もね、私のために、会社のお金をごまかしてたのがばれたの。向うも終り。私も終り。一緒に死んで、って頼んだ」

「馬鹿なことやめて！　そいつはともかく、あんたはまだ十代よ」

「もう充分生きたわ」

と、智恵子は言った。

店の電話が鳴った。トミーが、少しためらってから受話器を上げた。

「——どなた？　——ええ」

トミーは表情をこわばらせて、「智恵子、あんたによ」

と言った。

智恵子は手を伸して受話器を受け取った。

「智恵子です」

「学校から逃げ出したそうだな」

と、男の声が言った。

「あなたね、私のノートを盗んだのは」

「面白い読物だった」

「誰なの？　どうして私に構うの？」

智恵子の声が震えた。

「構ってほしいんだろう。違うか？」

「──あなたは、人殺しが仕事なの？」

「そんなところだ」

「じゃあ、私を殺せる？」

「必要のない殺しはしない。商売にもならないしな」

「殺したのと同じだわ。やるなら最後までやってよ」

少し間があって、

「死にたいのか」

と、男は言った。

「寺山さんが、もうすぐSビルの前に着くわ。私が今からそっちへ行く。私と寺山さんを殺せる？」

「心中したいのか、奴と」

「一人よりは二人の方が、途中、退屈しないでしょ」

と、智恵子は言った。

「よし。Sビルの前だな」

「今から出るわ」

智恵子は受話器を置いた。

「――智恵子」

「行くわ。ここで死んだら、お店が迷惑するでしょ」

智恵子は店のドアまで行って、振り返り、「楽しかったわ」

と言った。

「ねえ、他にも楽しいことはあるわよ」

「もういいの」

と、智恵子は首を振った。「ここじゃ、少なくとも、みんな正直だった。世間向けに仮面をつけちゃいなかったわ」

そう言って、智恵子は店から出て行った。

20　駆け引き

寺山がタクシーを降りた。

麻生は車を歩道へ寄せて停め、

「やっぱりこの辺ですね」

と言った。

爽香はケータイで松田美子へ連絡を入れていた。

「六本木のSビルの前です。柳井智恵子さんを待っているようです」

「そっちへ向っています。たぶん——十五分くらいで」

と、松田美子が言った。

「先生。智恵子さんのご両親は？　こちらへ向われているんでしょうか」

少し間があって、

「——連絡はしていますが、今のところまだお話できていません」

「それは……」

「母親はほとんど泊りがけの旅行に出ていて、めったに家にいないようです。父親は海外での仕事が多いようで」

「そうですか」

爽香は通話を切って車を出た。「麻生君、主人にこの場所を伝えておいて」

「はい。チーフ、お一人じゃ――」

爽香は、人待ち顔に立っている寺山の方へと歩き出していた。

昼前なので、まだ人通りはそう多くない。それでも、せかせかと急ぐ勤め人の姿は途切れることがなかった。

寺山は、落ちつかない様子で、しきりに左右を見回している。しかし、爽香にはさっぱり気が付かない。

爽香は足を止めた。

突然、その少女が目に入った。

「寺山さん！」

と、呼びかけて、「雄ちゃん！」

明るい、十六歳の少女がいた。

「やあ！」

寺山が笑顔で歩み寄る。

「どうしたの？　何だか疲れてる」

「平気さ。君の顔を見たら、疲れも悩みも吹っ飛ぶ」

「ね、いいのね、本当に？」

と、柳井智恵子は寺山の手をしっかりと握った。

「ああ」

寺山は肯いたが、相手の言っていることが分っていない様子だった。

「ここにいれば、片付くんだわ」

と、智恵子が寺山に寄り添う。

「ねえ、智恵子君。——僕は、女房にも子供にも見捨てられたよ。しかし、君がいるものな。それで充分だ」

爽香は、二人から数メートル手前で足を止めた。

「寺山さん」

寺山は振り向いて、

「チーフ？　何してるんです、こんな所で」

と、ふしぎそうに言った。「会社、始まってるでしょ」

「一緒に行きましょう。社長がお話があるって」

「やめて！」

智恵子は爽香をにらんで、「放っといてよ！　もう私たちは会社だの学校だのって、つまらない物には縛られないのよ」

と言い捨てると、寺山の手を引張って、

「行きましょう！」

と、Ｓビルの玄関へと駆け出した。

寺山は、一瞬転びそうになって、つんのめりながら、辛うじて智恵子と一緒に走り出した。

「寺山さん！」

爽香も二人を追いかけようとしたが、二人と入れ違いにビルから出て来た、荷物を積んだ台車に遮られて、ビルの中へ入るのが遅れた。

広いロビー。——爽香はこのオフィスビルに入るのは初めてで、一瞬戸惑った。

五、六階までの高さが、吹抜けになって、ロの字型に通路と、ショールームなどが並んでいる。

爽香はロビーの中を見渡したが、寺山たちの姿は見当らない。

「——チーフ、寺山さんは？」

麻生が後を追ってやって来た。

「いないのよ。エレベーターで上に行ったのかしら」

どのフロアで降りたのか、見当もつかないが……。

「ご主人に連絡しました。思ったより道が空いていて、もうじき着くと」

「ありがとう。——ね、手分けして捜しましょう。私、エレベーターで上ってみる。一旦上まで行って、階段で——」

と言いかけたとき、

「あれ、何？　危いよね」

という声がした。

事務服のＯＬ数人が連れ立ってロビーをやって来るところだが、一人が足を止めて、

「ほら、あれ！」

と、上の方を指さした。

爽香はロビーの中央へと駆け出して、吹抜けの上の方へと目をやった。

吹抜けの空間を囲む通路、胸ほどまでの高さのある手すりに、ガラスがはめ込んである。

そして今、その手すりを乗り越えて、その外側に立ったのは、あの柳井智恵子だった。

六階の高さ。——ロビーへ落ちれば、命はない。

「チーフ……」

「麻生君、エレベーターであのフロアに行って！」

「はい！」

麻生が駆け出して行く。

ロビーを忙しく行き来していた人々も、異変に気付いて足を止め、見上げて、

「飛び下りか?」

「誰か、一一〇番しろ」

と、口々に言っていた。

智恵子は手すりの外のほんのわずかのスペースに立っていた。手すりをつかんでいるものの、離せば、とても立っていられまい。

爽香は、寺山がまだ手すりの内側にいることに気付いた。

「寺山さん!」

と、爽香は大きな声で言った。

声が吹抜けの空間に反響する。

「寺山さん! その子を助けて!」

と、爽香は言った。「まだ十六歳なのよ! 寺山さん、娘さんのことを考えて!」

爽香の言葉が聞こえているのかどうか、寺山はまだ手すりを乗り越えていなかった。

「寺山さん」

と、智恵子は言った。「簡単よ。私だってできたんだもの」

「ああ……」

寺山は当惑していた。「智恵子……。どうするんだ？」

「乗り越えるのよ！　寺山さん、約束したでしょう」

「約束……したかな」

「一緒に死んでくれるって言ったじゃないの！」

寺山は、手すり越しに下のロビーを見下ろした。

智恵子は、寺山の目に怯えを見てとった。——失望が智恵子を捉えた。

本気ではなかったのだ。いや、ろくに智恵子の言うことを聞いていなかったのだろう。

ただ、智恵子が「会いたい」と言ったのだけを聞いていたのだ。

「智恵子君、君——飛び下りるのか？」

「私、退学になる。学校も、家も、どっちも下らない！　寺山さんだって、会社にいられないんでしょ？　クビになって、奥さんにも逃げられて、みんなに馬鹿にされて生きて行くの？」

「厚子も——恵も、いなくなってたんだ」

「ねえ、一緒に死のうよ。一瞬よ。何も分らない内に終るわ」

「一瞬で……」

「そうよ。私と一緒よ。怖くないでしょ？」

「智恵子……」

空《うつ》ろな目が、智恵子を見た。

麻生が、エレベーターを出て通路を駆けて来た。寺山が手すりを乗り越えようとしているのを見て、

「だめですよ、寺山さん！」

と叫んだ。

寺山が振り向く。

麻生は少し手前で足を止めて、

「やめて下さい。――死ぬようなことじゃありませんよ。あなたのことを心配してるんです。チーフだって、心配してなきゃ、こんな所まで追って来ません」

「放っといてよ！」

と、智恵子は叫んだ。「それ以上、一歩でも近付いたら、飛び下りてやる！」

――ロビーには人が集まっていた。

爽香は、ビルの警備員が呆然として立っているのを見ると、駆け寄って、

「あの子は飛び下りようとしてるんです！　早く、何か下に受け止める物を！」

と言った。

「受け止める、って……」

「マットレスとか、布団とか、何かないですか？」

「さあ……。どこかにあるかな」

「捜して下さい！」

「じゃあ、一応上の者に訊いて……」

期待できそうもない。

そのとき、

「爽香！」

と、人をかき分けて明男がやって来た。

「明男！」

「あれか」

と、柳井智恵子を見上げて、「落ちたら——まず無理だな」

「寺山さんは決心がついてないんだわ。でも、あの子を助ける余裕はなさそう」

「六階か……」

「時間がないわ」

「爽香」

「え？」

「あの子が飛び下りたら、下で受け止めよう」

爽香はびっくりして、

「馬鹿言わないで！　一緒に死ぬよ」

「いや、あの子は助かるだろう。俺も――たぶん、骨折くらいはするだろうけど」

「やめて！　そんなことのために呼んだんじゃないよ」

「分ってる。でも、放っておけないだろ」

爽香は明男の腕をつかんだ。

「行かせない！」

「爽香。――俺は人を殺してるんだ。どこかで償いをしないと」

「それとこれとは違うでしょ」

「いや、違わない」

「明男……」

爽香の目が、あるものに止った。

寺山は、ついに手すりを越えられなかった。

「だめだ……」

と、手すりをつかんだまま、内側にしゃがみ込んでしまった。

智恵子は笑った。

おかしかった。――大人なんて、こんなものだ！

「智恵子君……」

「私、ごめんよ。あなたみたいな大人になるの」

と、智恵子は軽蔑《けいべつ》の眼差《まなざ》しで寺山を見ると、

「せいぜい長生きしてちょうだい！」

「待ってくれ、智恵子君！」

智恵子はロビーから自分を見上げている人々を見下ろした。

何もかも、これで終る。——いっそ、ホッとした気分だった。

手すりから手を離し、智恵子は空間へと身を任せた。


明男が台車を一気に押し出した。

ビルの清掃員が押していた大きな台車である。バケツやモップ、タオルの替えなどが一杯積んである。

一瞬のタイミング、わずかでも位置がずれたら、智恵子は床へ叩きつけられる。

だが——奇跡的に台車の上に智恵子は落ちた。バケツや道具類が飛び散り、智恵子の体は床へ転った。

しかし、重ねたタオルの上に一旦落ちたことで、智恵子は床に転って呻《うめ》いた。

「生きてるわ！　救急車を！」

爽香は駆け寄った。

智恵子が苦痛に叫び声を上げた。

痛いということは、生きているということだ。

ロビーが騒然とする中、一人の男がビルから出て行った。

「物好きな奴だ」

中川はそう呟くと、歩き出した。

救急車がビルの正面に横づけされると、担架を抱えた救急隊員たちが、ビルの中へと駆け込んで行った。

21　痛みの果て

おぼろげな視界の中で、こっちを覗き込む顔の輪郭があった。

「お母さん？」

と、智恵子は言った。

しかし、その声はほとんど言葉にならず、低い呻き声にしか聞こえなかった。

「痛む？」

と、誰かが訊いた。

「誰？」

と、智恵子は言った。「お母さんじゃないのね」

その言葉は聞き取れたらしい。

「ご両親は今、こっちへ向っておいでよ」

と、その女性が言った。

「お母さんも？」

「ええ。お父様はアメリカからの飛行機の中ですって。お母様はあと何時間かで……」

「ああ……」

智恵子は天井を見上げた。――痛みを抑える麻酔のせいで、ぼんやりしている。

「私……死ぬの？」

「いいえ。大丈夫。助かるわ」

「死にたかったのに……」

「そうね。分るわ。でも、約束する。この先、きっと生きていて良かったと思う日が来るわ」

「退学になって、みんなに見捨てられて？」

「学校が何なの？　人生の中のほんの一部でしかないわ」

智恵子は目を瞬いた。――穏やかな顔がこっちを見ている。

「あなた――誰だっけ」

と、智恵子はその顔をじっと見上げた。「どこかで会った？」

「ええ。六本木のビルの前でね」

「ああ。寺山さんがいつも言ってた人だ。〈チーフ〉ね」

「そんな名前じゃないのよ。杉原爽香っていうの。――気分はどう？」

「いいわけないでしょ」

「私の姪がね、今十七なの。私に色々相談をしに来るわ。でも、やっぱりもう子供じゃないから、秘密を抱えてるし、それは当り前のことなのよね」

智恵子は、爽香のため息を耳もとで聞いたような気がした。

「——あの人は？」

「寺山さんのこと？　今は会社にいると思うわ。——会いたい？」

「ちっとも」

と、智恵子は小さく首を振った。「あんな人、どうなったって構わない」

「奥さんと娘さんが出て行って、とても動揺してたようよ」

「高校生と遊んどいて、奥さんに捨てられないと思ってるんだから。あの人、クビでしょ？　いい気味だ」

「大人って、見かけほどはしっかりしていないのよ。慰めや救いが欲しくて、いけないと分ってることに手を出すこともあるわ」

と、爽香は言った。「高校の松田先生がみえていたけど、一旦学校へ戻られたわ。また後でみえるはずよ」

「どうせ退学なんだから、放っといてくれりゃいいのに……」

「学校としての処分はそれで済むかもしれないけど、教師として、このままあなたと縁が切れるのは辛いんだと思うわ。先生がみえたら、あなたもできるだけ話してあげて。今なら、何でも話せるでしょ？　死んだつもりになれば」

爽香はそう言ってから、「――あなたのノートを読んだわ」

智恵子は何も言わなかった。爽香は続けて、

「あなたのノートが、松田先生の机に置いてあったの。誰が置いたか、知ってる？」

智恵子は、ちょっと眉を上げて、

「誰だか知らないけど、男よ。私の知らない男」

「学校の中に入ったということ？」

「そうでしょうね。何だか〈殺し屋〉なんですって。私に何の恨みがあるか知らないけど。でも、殺してって頼んだのに殺してくれなかった……」

〈殺し屋〉と聞いて、爽香は一瞬息をのんだ。しかし、そんな細かい気配には、智恵子は気付かなかった。

「――私は仕事があるので、会社へ行くわ。智恵子ちゃん、また来るわね」

「爽香……さん、だっけ。どうして私のことなんか気にかけるの？」

「さあ」

爽香は微笑んで、「何だか放っておけないの。それじゃ」

と、智恵子の額に軽く手を当てて、病室を出た。

「――柳井智恵子さんのお母様が」

と、看護婦がやって来る。

「こちらへ？」

「ええ、今――」

と言いかけるのを遮って、

「娘の病室は？」

と、苛々した声で言うのが聞こえた。

派手なコートをはおった婦人が靴音をたててやって来る。

爽香は、

「智恵子さんのお母様ですね」

と進み出て言った。

険しい表情で爽香をにらむと、

「どういうことなの！」

と、食ってかかるように、「子供を安心して預けられると思うから、高い入学金も授業料も払ってるんでしょ！　娘が何をしたっていうの？」

看護婦が間へ入って、

「こちらは、学校の方じゃありません」

と、母親へ言った。

「あら……」

爽香は名刺を渡して、

「智恵子さん、目を覚まして一番に『お母さん』とおっしゃいました。待っておいでだと思います」

寺山の件は、ここで話すには複雑すぎると思った。

爽香は、そのまま病院を出た。

麻生がすぐに車を玄関へ寄せて来る。

「会社へ行って」

と、爽香は言った。

寺山の処分をどうするか、という一番難しい問題が残っていた。

いや、それを決めるのは爽香ではなく、田端を始めとする幹部だ。——むしろ、爽香はチーフとして責任があるという思いがあって、心は揺れていた。

〈レインボー・ハウス〉の建設は、寺山の事件と係りなく進めていかなくてはならない。それには、爽香が抜けることは大きなブレーキになるだろう。

爽香自身も、ここまで来て計画から外れるのは悔しい。

しかし、社内で〈レインボー・ハウス〉の建設に批判的な勢力があり、この一件は格好の攻撃材料になるに違いない。それをかわすには、必ず矢面に立つことになる爽香が、チーフを外れるのが一番いい。

――心配していても仕方ない。

爽香は車の後部座席で目を閉じた。

疲れ切って、眠かったが、頭は興奮状態で冴えている。

仕事のことだけではない。

兄、充夫の娘、綾香のことも放ってはおけない。

十七歳といえば、今、男性経験があっても珍しくはないのかもしれないが、それは女の子にとって、常に妊娠という危険をはらんでいる。

綾香が妊娠している。

相手が誰なのか、充夫や則子が訊いても、綾香は答えないだろう。――親でもない爽香だが、できるだけ早く綾香と話す時間を取らなくては……。

そして、もう一つの「問題」は、あの柳井智恵子が口にした〈殺し屋〉のことだ。

爽香は直感的にそれがあの男だと悟った。

智恵子のような少女の身辺にまで現われるのは、よほどのことだろう。請け負った仕事とはとても思えない。

しかし、なぜあの男は爽香のことに口を出すのだろう？

爽香に顔を見られたからか？

そうでもないようだ。それなら爽香を消せばすむことなのだから……。

――あれこれ考えていると、頭が破裂しそうだ。

ああ、眠れない……。

そう思いつつ、爽香はガクッと寝入ってしまった。

麻生は、爽香が眠ったと知ると、車のスピードを落とした。

しかし、麻生の気配りもあまり役に立たなかった。十分ほどして、爽香のケータイが鳴ったのである。

「――はい」

「田端だ。今どこにいる?」

「病院から社へ戻る途中です。あと――」

と、爽香は外へ目をやって、「十五分くらいで着きます」

「分った。大会議室へ来てくれ」

「かしこまりました」

田端はむだなことを言わずに切った。

「――チーフ」

麻生が心配そうに、「社長ですか」

「ええ。寺山さんの件で、重役会が開かれてるの。私のことも議題に上るでしょうね」

「お願いですから、ご自分からチーフを降りるなんて言わないで下さいね」

と、麻生は言った。「重役会の決定で、そうなったら……。でも、抗議運動を起しますよ」

「ありがとう。でも、今は〈レインボー・ハウス〉を完成させるのが先決よ」

「それには、チーフが必要ですよ。約束して下さい。自分から責任を取って辞めるとか、馬鹿なこと、言わないと」

麻生の口調は熱かった。その気持が爽香には嬉しい。

「分った。約束するわ」

と、爽香は言った。「その代り、十五分で着くって社長に言っちゃった。何とか間に合わせて」

「任せて下さい！」

麻生は車を脇道《わきみち》へと入れた。


里美はお茶を載せた盆《ぼん》を手に、廊下を歩いて行った。

応接室の一つ、ドアの前に若手の社員が二人立っている。

「あの……」

と、里美は言った。「ここ、第二応接室ですね」

「そうだよ」

「お茶を持ってけって言われて来たんですけど」

「お茶？　中に？」

「だと思いますけど……。中、誰がいるんですか？」

「それは……。知ってるだろ？　寺山さんだよ」

と、声をひそめる。「逃げないように見張ってるんだ」

「ああ、そうなんだ！　でも――お茶、どうします？」

「そうだな。お茶一杯ぐらい。入っていいよ」

「はい」

里美はドアを軽くノックしてから、「失礼します……」

と、そっと開けた。

中へ入ると、ドアは自動的に閉る。

里美は、ソファに腰をおろしている寺山の前に盆を置いて、

「寺山さん！」

と、小声で言った。

寺山は、眠ってはいないが、里美の呼びかけにも答えず、ぼんやりと宙を見つめている。

里美は寺山の前に膝をついて、

「しっかりして！　寺山さん。私のこと、分る？」

と、寺山の手を握りしめた。

寺山は、ゆっくりと里美へ目をやると、

「君か……」

と、呟くように言った。「何してるんだい？」

「寺山さん。何か私にできることがあったら言って」

里美は、抜けがらのようになってしまった寺山を見て、涙をこらえられなかった。

「ああ……。私が何とかしてあげられたら……」

里美は、力一杯寺山を抱きしめた。

——もう、事は里美の力ではどうしようもない状況になっている。

柳井智恵子との付合いそのものは、学校側が表沙汰にするのを嫌うだろうが、そのために会社のお金を使っていたことは、言い逃れのしようもない。

今、会議室ではこの件についてどうするか、議論されているはずだ。

クビはまぬかれないにしても、警察に届け出るかどうか。社内だけの処分に止まるのか。

里美には知るすべもない。

里美は立ち上ると、

「お茶、飲んで」

と言った。

「うん。ありがとう」

寺山は、ふと以前のやさしい寺山に戻って、お茶を取り上げ、一口飲むと、

「これはおいしい。――君はお茶が好きだったね」

と言って、微笑んだ。

里美はたまらなくなって、寺山に素早くキスすると、応接室を飛び出した。

涙を拭いながら、半ば駆け出すように化粧室へ急ぐ。――エレベーターが停って、中から爽香が降りて来た。二人は一瞬足を止めて、

「――寺山さんの所に？」

と、爽香が訊く。

「ええ……。あの人、どうなるんですか？」

「さあ、分らないわ」

と、爽香は首を振って、「私が決めることじゃないの」

「そうですね」

里美は小さく肯いた。

「会議室へ呼ばれてるの。――また後でね」

爽香は、里美の肩を軽くつかんで、足早に行ってしまった。

里美は、爽香の後ろ姿を見送っていたが、やがて肩を落として、歩き出した。

22　失ったもの

もう何時間ここにいるだろう。

――寺山は、夢から覚めたような心地で応接室の中を見回した。

お茶が置かれている。いつの間に？

取り上げて飲むと、大分冷めてはいたが、味は悪くない。

そうか。何だか……里美が持って来てくれたような気もするが……。

記憶がはっきりしない。

俺はここで何をしてるんだ？　会社に来てるというのに、仕事もしないで、こんな所にぽんやり座ってていいのか……。

寺山はポケットを探った。ケータイがあった。

厚子。――どうしているんだろう？

深く考えるでもなく、寺山は厚子のケータイにかけた。

「もしもし。厚子か。――もしもし？」

少し間があって、

「あなた」

と、厚子が言った。「どこにいるの？」

「俺は会社だよ。当り前じゃないか」

と、寺山はちょっと笑って、「お前……何かあったのか？」

「何かあった、って……」

「はっきりは分らないんだけどな。どうも何かあったらしいんだ。今、会社でも妙なんだよ。この忙しいときに、仕事をさせてくれない」

「あなた……。何があったか憶えてないの？」

「何のことだ？」

「呆れた。――私と恵は実家にいるわ。あなた、娘に何をしたと思ってるの？」

「恵に？　俺は恵に手も上げたことがないぞ」

「そんなことじゃないわ。同じ学校の高校生に手を出したりして！　恵だって恥ずかしくて学校へ通えないじゃないの！」

寺山は当惑していた。

「おい、厚子。俺は何も悪いことなんかしてないぞ」

「いい加減にしてよ。私や恵に、世間へ顔向けできないようなことをしておいて！　会社のお金をごまかしたんでしょう? 仕事なんかさせてくれっこないじゃないの。当然クビよ。警察に突き出されなきゃありがたいと思わなきゃ」

警察……。俺が捕まる? そんな馬鹿な。

「もうかけて来ないで」

と、厚子は言った。「離婚届は送るわ」

「厚子。冗談はやめてくれ。俺はな、ひどく疲れてるんだ。——厚子。おい」

もう切れていた。

寺山は呆然として、手の中のケータイを眺めていた。

「——俺が何をしたっていうんだ?」

と呟く。

そのとき、応接室のドアが開いて、里美が入って来ると、

「寺山さん! 今は誰もいないわ。早く逃げて!」

と、寺山の腕を取った。

「里美君。君は——」

「早く! 今の内に逃げて。警察へ連れて行かれるかもしれない」

「しかし……」

寺山はわけが分らない内に、応接室から引張り出され、エレベーターの方へとせかされて行

った。

「早く！」

里美は二人でエレベーターに乗ると、一階へと下りて行った。中で財布を出すと、

「お金、大して持ってないけど、これだけでも持って行って」

と、札を寺山のポケットへ押し込んだ。

「僕は……どうなったんだ？」

「どうなっても、あなたのことは忘れない」

里美は寺山の手を固く握った。

エレベーターが一階に着いて扉が開く。

幸い誰もいなかった。

「行って！」

里美は寺山を押し出すと、エレベーターの扉をボタンを押して閉めた。

「正確な被害額は算出できていませんが、大体三百万円前後と思われます」

と、爽香は言った。

「それ以上になる可能性もあるんだね？」

重役会の席で、爽香は寺山の件に関して説明していた。

会議には「空気」がある。

「やる気のない会議」もあれば、「早く終ってほしい」と出席者のほとんどが思っている会議もある。

その雰囲気は誰にでも伝わるものだ。

爽香は、居並ぶ重役たちの、自分への反感を肌で感じていた。

いつもなら、社長の田端の機嫌を損ねることを気にして、爽香に何も言えない幹部社員たちが、「ここぞとばかり」言いたいことを言ってやろう、と思っている。

田端も出席しているが、爽香自身が、

「私をかばうようなことはおっしゃらないで下さい」

と頼んだのである。

それは却って社内に爽香への反発を強めるだけだ。

「三百万円を越えることもあり得ます」

と、爽香は認めて、「調査に一週間ほどの時間をいただければと思いますが、私だけでなく、プロジェクト外の方にも協力をお願いしたいと考えています」

と、付け加えた。

爽香自身が調べるのでは、被害を小さく報告するだろうと思われてしまう。

「現場監督の——何といったかな」

「両角さんです」

「ああ、そうか。彼に指摘されなければ、この一件は分らなかったということかね」

もう七十歳近い常務で、〈レインボー・プロジェクト〉に批判的な一派の長老格である。

「調査は既に始めていましたが、具体的な事例については、もっと発見が遅れていたと思います」

と、爽香は言って、「それから、両角さんは『彼』でなく『彼女』です」

「何だと？　女か！」

軽蔑する気持を隠そうともしない。

田端が口を開きたくて、うずうずしているのが爽香にも分った。

「それで、君はこの件に関して、自分の責任をどう考えているんだ？」

爽香は真直ぐに視線を受け止めて、

「チーフという立場は管理職ではありませんので、どこまで責任を取るべきか、私には判断できません」

と答えた。「私はこれで退席しますので、皆様のご判断を」

田端から、こう言うようにと命じられていた。

責任を取って辞めるのは易しいが、それでは次に「チーフ」になる者も同様の責任を負わされることになる。

「――時代は変ったもんだな」

と、老常務が聞こえよがしに言った。「女には甘いと思ってるのか」

爽香は黙って一礼すると、席を離れた。

ともかく、ここは田端に任せるしかない。

ところが――ドアへと歩き出して、爽香は突然視界が大きく揺れるのを感じた。

え？　どうしたの？

考える間もなかった。

爽香は急に目の前が真暗になって、その場に倒れてしまったのである。


「過労のひと言」

と、浜田今日子《はまだきょうこ》が言った。「分り切ってるでしょ、そんなこと」

「でも……あのときは、そんなに疲れてなかったんだけど」

爽香はベッドから今日子を見上げて言った。

点滴を受けて、もうめまいはほとんどしなくなっていた。

「自覚してないだけ。限界だったのよ」

と、今日子は言った。「ま、胃に穴でもあく前に倒れて良かった」

「まあね……」

爽香は息をついて、「今日はもう仕事しない方がいいよね」

「馬鹿」

と、今日子は言って、爽香の脈を取った。「三日間入院」

「勘弁してよ！　明日はどうしても——」

「それがいけないの。あんたがいなくても仕事は進む」

爽香はちょっと笑って、

「そうだね。いつも他人にはそう言ってるくせに」

「そんなもんよ。じゃ、二日間にまけといてやる」

「さすが名医」

「何言ってるの」

と、今日子は苦笑して、「あ、愛《いと》しの旦那よ」

病室に明男が入って来た。

「大丈夫か」

「うん、一時的な貧血」

「びっくりしたぞ」

明男がそばの椅子にかけて、爽香の手を取った。今日子は、

「ごゆっくり」

と言って、病室を出て行った。

「——柳井智恵子はどうしたかしら」

と、爽香は言った。「聞いてる？」

「いや、何も。——でも、あの飛び下りはニュースになったからな」

「やっぱり退学だよね」

「お前、そうやって人のことばっかり心配してるからくたびれるんだ。今は何もかも忘れて眠れよ」

「そういうわけにいかないのよ。綾香ちゃんのことだってあるし……」

明男がため息をついた。


「ただいま」

誰もいないと分ってはいたが、寺山は玄関を入って、そう声をかけずにはいられなかった。

「厚子。——恵」

居間に入ると、寺山はソファにぐったりと座り込んだ。

俺は一人だ。——一人なのだ。

なぜだ？　なぜこんなことになったんだ？

いくら考えても分らなかった。

俺がしたことは……。
そう。智恵子と付合っていた。
しかし、そんなことは会社と何の関係もない。そうだとも。
俺がこんな目に遭う理由なんかないのだ。
「そうか……」
俺が邪魔だったんだな。あのプロジェクトの中で、俺は「浮いた」存在だったのだ。
俺は結局、あのプロジェクトから外された。それで厚子と恵も出て行った……。
「このままじゃ済ませないぞ」
と、寺山は呟いた。
会社が俺からすべてを奪って行ったのだ。
あの〈レインボー・ハウス〉が、俺をこんな目に遭わせたんだ！
寺山は立ち上った。

23　暗い炎

誰とでも付合っておくものだ。

寺山は、ほとんど初めて〈G興産〉に勤めたことをありがたい、と思った。

もっとも、寺山のもくろんでいるのは、その〈G興産〉への復讐なのだから。

営業にいたとき、土地の買収に絡んで、ある暴力団の幹部と接触した。結局、話は金で結着がついたのだが、そのとき、成り行きでその暴力団幹部のボディガードをしている子分と食事をすることになった。

その相手も、仕事柄人には言いにくかったようだが、

「全《まった》くアルコールを受付けない体質」

なのだった。

寺山と、妙に気が合って、

「何か困ったことがあったら、相談に乗るぜ。言って来いよ」

と言ってくれた。

正直なところ、相談したくなるようなことには出会わないだろうと思っていたのだが、人生、何が起るか分らないものだ。

——寺山はレンタカーを走らせていた。

充分に間に合う。そして、今日はすばらしく晴れた、いい日だ。

寺山は、これほど満ち足りた、そして解放された気持でいたことは、これまでの人生で、なかったような気がしていた。

今は、去って行った妻子への怒りも恨みもない。柳井智恵子のことを考えると、少し胸は痛むが、それもすでに「過去」だ。

それでいて、今俺は何をしようとしているんだ？ 〈G興産〉への仕返し、〈レインボー・プロジェクト〉への復讐。

だが、そこにも熱い憎しみはなく、むしろ〈運命に従っている〉自分がいるだけだ。自分の意志と関係なく、すでに決められたことを実行する。

寺山は、何か「大きな意志」に動かされている「使者」なのだった。

車が赤信号で停ると、助手席へ目をやった。毛布にくるんだものが、無造作に置かれている。

寺山は特別な用心などしていなかった。

自分の「使命」を果すまでは、この身に何も起るわけがない、と確信していたからである。

毛布にくるまれて、それは出番を待つ役者のように、じっと息を殺していた。——寺山が

「その筋」を通して手に入れた、手榴弾が。


「一度倒れたんだからな」

と、明男からは言われていた。

「チーフ、無理しないで下さいね」

と、麻生も言ってくれた。「チーフはデンと構えて指図しててくれりゃいいんですから。我々が何でもします」

そうは言われても、爽香は結局――。

「受付の位置、それじゃ奥に引込みすぎ！　道を来た人から見えないでしょ！」

と、つい声が高くなる。

「チーフ、休んでて下さい」

と、麻生に言われて、

「もう大丈夫よ」

「でも、また駆け回ってると、色々言われますよ」

「何言われても、今日ちゃんとできなきゃ仕方ないじゃないの」

と言い返しながら、心配してくれる麻生の気持は嬉しい。「――じゃ、君の責任でちゃんとやってよ。任せたからね」

「はい！」

と、麻生は胸を張ったが、「あの——僕の責任で、ですか？」

爽香はふき出しそうになった。

——〈レインボー・ハウス〉の〈特別見学会〉。

入居の申込みをしている人はもちろん、工事関係者や、元地主など、大勢の人を招待している。今の工事の状況を直接見てもらうのだ。

往々にして、「遅れに遅れ」、最後は突貫工事で仕上げることの多いマンション建設の中で、あくまで期限通りに、かっていねいに仕上げるという方針を、ちゃんと実現している。それをPRしようというのである。

「——爽香さん」

やって来たのは、現場監督の両角八重だ。

「何だ、見違えた」

と、爽香は、パリッとしたスーツ姿の両角八重を眺めて言った。

「私だって、こういう服を持ってるってこと、分ってもらわないと」

と、八重は言った。

八重らしい心づかいで、工事の現場の職人も招かれている。

庭になる予定の広いスペースにテントとテーブルが用意され、簡単な立食パーティを開くことになっている。

「準備、大変だったでしょう、爽香さん」

と、八重が言った。

「そうね。あんまり簡素にすると『ケチだ』って言われるし、立派にすると『こんなことに金を使うな』って言われるし……」

「文句を言うのが好きな人は、どうやっても言うんですよ」

「まあね」

「──体、大丈夫なんですか？」

「もう平気。最近早く帰るようにしてるし」

八重は、忙しく準備に駆け回る社員たちを見ながら、

「爽香さんが倒れたって聞いたとき、もうこのマンション、建たないんじゃないかって思いましたよ」

と、真顔で言った。

「心配させてごめんなさい。──ここまで来て、邪魔させてなるもんですか」

「でも、爽香さんがあそこで倒れたんで、社内の重役方も何も言えなくなっちゃったそうですね」

「あれを演技だってかげ口叩いてる人もいるのよ」

と、爽香は苦笑した。「結果が良かったんだから、満足しないとね」

「あの人――寺山さん、まだ行方は分らないんですか？」

「捜索願を出してあるんだけど……。今のところ手掛りないみたい」

正直、退院してからは、この見学会の準備と工事の双方に忙殺されて、寺山のことをつい忘れていることもしばしばだった。

「チーフ、社長からお電話です」

麻生がケータイを手にやって来る。

「ありがとう。――杉原です」

「準備は順調か？」

「今のところ問題ありません」

「お袋が行くと言って聞かないんで、一緒に行くよ」

「分りました。――社長、奥様はおいでになれないんですか」

「一応話したが、本人が――」

「ぜひ一緒に、っておっしゃらなきゃだめですよ。きっと、『来てほしくないけど』って顔でお話されたんでしょう」

田端は笑って、

「言われてみりゃそうかもしれない。連れて行くよ」

「お待ちしてます」

やれやれ、世話の焼けること。——田端の母が来るのだったら、祐子も顔を出さないと、うまくない。

ケータイを麻生へ渡して、マンションの玄関ホールの方へ行きかけると、中から段ボールを抱えた里美が出て来た。

「あ、爽香さん」

「受付の？」

「はい、名札入れです」

「ご苦労さま」

爽香は、スーツ姿の里美を眺めて、「こういう格好してると、里美ちゃんも、もう子供じゃないね」

と言った。

「そうですか？」

里美が少し頰を赤らめて、受付へと急ぐ。

それを見送って、爽香は少しホッとしていた。

里美にとって、寺山との恋はずいぶん辛い形で終ったわけだ。しかし、里美はまだ十九歳。

弟の一郎もいる。

きっとすぐに立ち直るだろう。

「チーフ、すみません、ちょっと」

スタッフが駆けて来る。

「はいはい」

爽香は急ぎ足でマンションの玄関を入って行った。


「じゃ、名札を入れて、ここへ並べて」

と言われて、

「はい！」

里美は元気よく返事をした。

自分でも、あまり無理せずに返事ができるようになったと思う。

もちろん、寺山のことを思うと胸が痛むし、爽香に対しても、寺山を逃がしたことで、申しわけないと思っている。

寺山はどこへ行ったのか。——もし、自殺でもしていたら、と思うと、あのとき逃がさない方が良かったのか、と悔まれた。

でも、今さら悩んでも仕方ない。

幼稚園へ行っている一郎の面倒をみるという「母親代り」の仕事が、里美を支えている。

その一方で、一旦男を知ってしまったことが、里美に「もう元には戻れない」という思いを抱かせていた……。

仕事は手早い。——里美は、名札をプラスチックの名札入れに入れて、ズラリと並べた。

一心に何かをするという快感を久しぶりに味わって、里美が汗をかいていると、ケータイが鳴った。

誰からかも確かめずに出て、

「——もしもし？　——もしもし」

と、くり返すと、

「里美君か」

一瞬、血の気がひいた。

「寺山さん」

「周りに誰かいるかい？　話をしてて大丈夫？」

「今は……大丈夫。今、どこにいるの？」

声が震えた。

「心配してくれたかい？　すまなかった」

「私……もしかして、寺山さんがどこかで……」

声が途切れた。

「色々考えたよ。熱に浮かされて、馬鹿なことをしたもんだと後悔した」

「私で、何か力になれる？」

「お願いがあって、電話したんだ。今さら君に頼みごとなんてできた立場じゃないことは分ってるが」

「言ってみて。できることなら――」

「今日は〈特別見学会〉だろ？　君も〈レインボー・ハウス〉にいるのか」

「受付の係よ」

「良かった。僕は、杉原チーフに申しわけなくてね。一度お詫びを言っておきたかったんだ」

「あの――待って。捜してみるわ」

「いや、電話じゃ気が済まない。〈見学会〉の後半はパーティだろ」

「ええ」

「その時間に、〈レインボー・ハウス〉の近くへ行ってる。立食パーティなら、チーフも少しぐらい席を外しても大丈夫だろう。君に電話するから、チーフを表まで連れて来てくれないか」

「爽香さんを？」

「うん。直接謝りたいんだ。何しろ、散々迷惑をかけたからね」

と、寺山は言って、「もちろん、君にも謝りたい。里美君――」

「私はいいの」

と、里美は急いで言った。

「私は幸せだったもの。本当よ。後悔してないわ」

そこへ、

「里美ちゃん、終った？」

と、受付のスタッフがやって来た。

「じゃ、後でね」

と、里美は急いで通話を切った。「——名札を入れました」

「早いわね。ご苦労さま。パーティ会場のセッティングを手伝ってくれる？」

「はい」

里美は元気よく駆け出した。

嬉しかった。——寺山が、爽香に謝りたいと言ってくれたこと、里美を頼って来てくれたこと。

そして、何より「また寺山に会える」という思いが、里美の心と足どりを弾ませていた……。

24　後悔

穏やかな晴天に恵まれたこともあって、見学会は大盛況だった。

もちろん主役は田端であり、妻の祐子だ。やって来たときは、義母の真保と一緒で、面白くなさそうな祐子だったが、次々にやって来る客に挨拶する内、すっかり上機嫌になっていた。

爽香は、元の地主や工事関係者の相手に忙しかった。

パーティに移ると、飲物の追加の手配などは他のスタッフへ任せたものの、つい気にかかってしまう。

麻生は記録係で、カメラを手にパーティ会場——といっても屋外だが——を駆け回っていた。

「爽香さん」

と呼ばれて振り向くと、相変らず和服姿の美しい栗崎英子が立っていた。

「いらして下さったんですね！」

爽香は頬を上気させて言った。

「大丈夫？　倒れたんですって？」

「栗崎様には何も隠しておけませんね」

「〈Pハウス〉のスタッフは、年中あなたのことを噂してるからね。——誰だかが使い込みをやったって？」

「スタッフの一人が。私の目が届かなくて」

「あなただって、目は二つしかないのよ。果林ちゃんも、少し遅れて来るはず」

「何か召し上って下さい。お取りしましょうか」

「それくらい、まだ自分でできるわよ。あなたは忙しいんだから」

「はい、では後ほどまた」

と、爽香が一旦別れて歩き出すと、

「すみません」

と、里美がやって来た。

「どうしたの？」

「あの——ちょっと表に来ていただけますか、って——。寺山さんが」

「寺山さん？　ここへ来てるの？」

「この表で待ってる、と電話があって」

「分ったわ。あなたはここにいて」

爽香は足早に門の外へと出た。

工事現場を囲む仮設の塀に沿って、今日の出席者の車がズラッと並んでいる。爽香が左右へ目をやると、車の間からコートをはおった寺山が現われた。

「寺山さん……。どこに行ったのか、心配してたわ」

「それはどうも。――チーフにぜひお会いしたくてね」

寺山は、きちんとした背広姿だった。ただ、コートのポケットへ手を入れたままなのが気になった。

「社長もあなたと話したがっておいでよ。今日は無理だと思うけど――」

「盛況で結構ですね。僕は、このプロジェクトのおかげで、女房も娘も、何もかも失ったんだ」

寺山は淡々とした口調で言って、「この塀の向うじゃ、にぎやかなパーティの最中ですね」

「寺山さん……」

「僕一人がすべてを失うんじゃ不公平ですよ。そうでしょ？」

ポケットから出した手に、黒い塊が握られていた。爽香は目を疑った。

「それは何？」

「見て分るでしょ？　手榴弾ですよ。オモチャじゃない。本物ですよ。ピンを抜いて、塀越しに投げ込めば、さぞ大勢けがをするでしょうね」

爽香は青ざめた。――寺山の落ちついた口調は、理性の糸が切れたせいだったのだ。

「さぞマスコミが喜びますよ。大勢けが人が出て、死人も出るかもしれない。そんなマンションに入居するもの好きはいないでしょう。ねえ、チーフ、人生ってのはね、思い通りには行かないものだってことが、これであなたにも分るでしょう」

「寺山さん。私を恨んでるのなら、私に向って投げればいいでしょう。何の罪もない人たちに仕返しするのは間違ってるわ」

「僕はチーフを恨んじゃいません。尊敬してましたよ。僕が憎いのはね、このプロジェクトそのものなんです。これさえなきゃ、僕がこんな思いをすることはなかった」

寺山がピンを抜いた。爽香は立ちすくんだ。寺山との間は十メートル近くあった。駆けつけても、とても間に合うまい。

「さあ、盛大なお祝いの花火といきましょうか！」

「やめて！」

爽香は駆け出した。

寺山が微笑みながら、手榴弾を塀越しに投げ込もうと——。

その瞬間、乾いた音がした。短い破裂音。

寺山が右手を押えて呻いた。手首から血が噴き出す。

そして手榴弾は地面へ落ちると、駐車した車の下へと転り込んだ。

爽香は寺山へ体ごとぶつかった。二人が重なるように地面に倒れる。

「爽香さん！　危い！」

と叫んだのは、里美だった。

里美は走って来ると、爽香の上に折り重なって伏せた。

次の瞬間、爆発が起った。爽香の鼓膜を鋭い風が打った。ドスンという震動。

しかし、その車からは白い煙が上ったものの、火は見えなかった。

「――里美ちゃん！　大丈夫？」

爽香は起き上った。

「爽香さん、けがは？」

「私は大丈夫。――まあ、血が！」

破片が里美の脇腹に食い込んだらしかった。

「すぐ救急車を呼ぶわ！」

「大丈夫です。寺山さんは……」

寺山は血だらけの右手を抱え込んで呻き続けていた。――何が起ったのか？

立ち上った爽香は、車が一台、走り去るのを見た。そして、その中から爽香を振り返って見ていたのは――あの〈殺し屋〉だった。

あれは銃声だったのだ。車の中から、寺山の手首を狙って撃った。――凄い腕前だ。

車はたちまち走り去る。

爽香は〈レインボー・ハウス〉の受付に向って走った。

病室へ入ると、ベッドで目を閉じていた里美が目を開けた。

「起こしちゃった?」

と、爽香は言った。

「眠ってません」

と、里美は言った。「——色々すみません」

「一郎ちゃんは、元気で幼稚園に通ってるわよ。麻生君の所の果林ちゃんが、喜んで可愛がってるみたい」

里美の入院している間、弟の一郎の面倒を麻生がみてくれているのだ。

「爽香さん。——私、自業自得なんです」

「何のこと?」

「寺山さんを逃がしたの、私なんですもの。退院したら、辞表出します」

「馬鹿言わないで」

爽香は、里美の手を握った。「あなたがいなかったら、きっと私が手榴弾の破片で大けがしてた。お礼を言わなきゃ。——一郎ちゃんを育てなきゃいけないのよ。図太くならなきゃ」

「はい」

里美は微笑んだ。「でも――何があったんでしょうね」

「さあ……。私にも分らないわ」

寺山の手を撃ち抜いた銃弾の謎は、一時TVや新聞を騒がせたが、結局真相は分らず終《じま》いだ。

爽香も、あの〈殺し屋〉らしい男をチラッと見ただけで、はっきり証言することはできなかった。

それに――あの男がどういうつもりだったかはともかく、もし寺山の手榴弾が中のパーティ会場へ投げ込まれていたとしたら、何人の死傷者を出したか分らない。あの男は、爽香だけでなく、あのパーティの参加者、そして、〈レインボー・プロジェクト〉そのものを救ったのである。

爽香は警察の事情聴取でも、

「何があったのか、見当がつきません」

と、くり返した……。

「――じゃ、また来るわ」

と、爽香は立ち上った。「麻生君に、一郎ちゃんを連れて来るように言ってあるから」

「ありがとう、爽香さん。私……恋で目がくらんでたんですね」

「それが当り前よ」

と、爽香は微笑んで、「またじきに別の恋がやって来るわ」

「待ち遠しい」

と言って、里美は笑った。

――寺山との恋の傷はまだいえていないだろうが、その笑顔には、里美らしい明るさが戻っていた……。

里美の病室を出ると、爽香は同じ病院の中の別の病室を訪れた。同じ〈外科〉なので、フロアは違うが、同じ棟だ。

「――失礼するわね」

爽香は中を覗いて、柳井智恵子がベッドを少し起して本を読んでいるので、びっくりした。

「もうそんなことして大丈夫なの？」

「ええ。あんまりじっと寝てると、却って骨が変な風に固まるから、少し動いた方がいいって……」

柳井智恵子は穏やかに言った。

「お母さんは？」

「また旅行だって。お父さんは、出張から戻ってない」

「そう……」

「でも寂しくない。慣れてるし」

と、智恵子は言って、「――私ね、お父さんの子じゃないの」

「え？」

「お母さんの浮気でできた子。——ちょうど、お父さんの海外出張が長かったときにできたの。お母さんも気を付けてくれりゃ良かったのに」

「でも、そうでなきゃ、あなたは生れて来なかったのよ」

「それも悲しいかな」

と、智恵子は、ちょっと笑った。

父親が智恵子に冷たい気持は分るが、そのわけを知らされた智恵子のショックは大きかっただろう。大人の事情で、智恵子は「生れて来なければ良かった」と思わされて来たのだ。

あの枯葉色のノートの、冷たい記述は、智恵子が「家族」を持っていなかったからなのだろう。

「これから、学ぶことが、あなたには沢山あるわね」

と、爽香は言った。

「ええ」

と、智恵子は肯いた。「私——ここでずっと動けないでいるでしょ。トイレにも、まだ行けない。看護婦さんが面倒みてくれると、初めは恥ずかしかったけど、でも、どうしてこんなことができるんだろう、って……。こういう人たちがいるってことが、驚きだった」

「そう」

「私、充分世の中のこと知ってるなんて、うぬぼれてたけど、本当は何も知らなかったんだ」

「まだ十六歳なのよ。知らなくて当り前。知らないってことに気が付いて、良かったわね」

「うん」

智恵子は素直に肯いて、微笑んだ。「ありがとう」

「また来るわ」

爽香は、智恵子の手を握って言った。

「でも――」

「なあに?」

「こうして、赤の他人のお見舞に来る人って、やっぱり珍しいんだよね」

それを聞いて、爽香は笑ってしまった。

病院から、麻生の運転する車で会社へと戻る。

ケータイの電源を入れてみると、現場監督の両角八重から電話が入っていた。

かけてみると、ちょっとした内装についての相談だったが、

「――八重さん。主人との食事、今度の週末にどう?」

「いいですよ。楽しみだ」

と、八重は言った。

「お礼も含めてね。あなたが最初に電話で、寺山さんについて注意を促してくれたんでしょ」

「あ、気が付いてた？　声を変えたつもりだったんだけど」

「気が重かったでしょ。密告するようなものですものね。でも、おかげで助かったわ」

「寺山さんも立ち直ってくれるといいけど……」

「時間はかかるでしょうね」

爽香は通話を切ると、軽く目を閉じた。

――完成が近付けば、〈レインボー・ハウス〉の仕事は、ますます忙しくなってくる。

しかし、その中で寺山のように心を病む人間が出ないように見ているのも、爽香の仕事である。

時には、プロジェクトのメンバーに、

「休暇を取って、家族旅行して来なさい」

と言って、強引に休ませたりする。

自分が「煮詰っている」ことは、自分では分らないものなのである。

寺山のこともあって、言われると素直に休みを取る者が多い。

爽香自身も、できるだけ仕事を分散して、休みを取るようにした。

「――ケータイ、鳴ってませんか？」

麻生に言われて、ハッとする。

「いやだ、半分眠ってたのかな」

と、急いで出ると、

「爽香、今、お義兄さんから電話があったんだ」

明男からだった。

「兄から？　何だって？」

「綾香ちゃんが家出したらしい」

爽香は一瞬言葉がなかった。

「じゃ、きっと私に連絡して来るわね」

「そう思ってかけた」

「何かあれば連絡するわ」

——やれやれ。

爽香は急にぐったり疲れて、座席に身を沈めた。

それでも、外は穏やかに晴れていたのである。

解説

笹川吉晴《ささがわよしはる》
（文芸評論家）

小説、漫画、アニメ、映画等を問わず、シリーズ物を読む（観る）愉《たの》しみのうち大きな部分を占めるのが、お馴染みの顔《キャラクター》に会える、という魅力であることは言うまでもないだろう。彼らはいつ訪ねても常に変わらない、我々の〝友人〟であり、〝家族〟だ。例えば、《男はつらいよ》（六九〜九五）で柴又《しばまた》に帰ってきた寅次郎《とらじろう》が知り合いに放つ「よお、相変わらずバカか？」という恒例の台詞は、まさに我々観客が寅次郎自身に対して投げかけているのに等しいし、彼を、その巻き起こす騒動まで含めて温かく迎え入れる「とらや」（「くるまや」）の人々はまた、同時に我々観客をも迎え入れてくれている。そして、寅次郎も十年一日、前回のラストでしおらしく「日々反省の毎日」を送っていたのもどこへやら、相も変わらぬ騒ぎを引き起こし、また形ばかりの反省を残してしばし去っていく。

その《男はつらいよ》が、失われつつある日本の原風景を求めて全国津々浦々をくまなく巡ったように、こうしたシリーズ物がしばしば、移ろいやすい現代にあってノスタルジックで近過去的な、不変の世界を描き出すのもまた当然だろう。〈昭和〉の香りを色濃く残すアニメ版

『サザエさん』（六九〜）や漫画『こちら葛飾区亀有公園前派出所』（七六〜）、あるいはさらに遡《さかのぼ》った時代小説や時代劇の数々。そして何度も四季が巡る中、永遠に卒業しない学園漫画etc.――。

このように堅持《けんじ》される世界がある一方で、変化していく世界に対峙《たいじ》しながら、〝変わらなさ〟を貫き通すキャラクターもある。『ゴルゴ13』（六八〜）やアニメ版『ルパン三世』（七一〜）、あるいはリチャード・スタークの《悪党パーカー》（六二〜）などは技術《テクノロジー》の発達に比例して高まる犯罪の困難さを通して、まさに〈社会〉そのものに対して挑戦していく物語であるし、逆に、街や犯罪の様相が年々変化し殺伐《さつばつ》としていく中で、刑事たちだけがほとんど変わらない《八七分署》（五六〜）や、機械化・管理化されていく諜報《ちょうほう》活動への愚痴《ぐち》をしばしばこぼしながらも、女王陛下のスパイとしての義務を全うし続ける《007》（五三〜／映画版六二〜）などは、変わり行く世界の秩序を、なんとか最低限でも維持しようとする試みについての物語だと言えるだろう。

こうしたシリーズのキャラクターたちはしたがって、変化や成長することを許されず、同じような営みを延々と繰り返さなければならない（その問題を真っ正面から取り扱って見せたのが、ギャグアニメのキャラクターたちが永遠に文化祭前日の狂躁《きょうそう》を繰り返すという、押井守《おしいまもる》監督の『うる星やつら2　ビューティフル・ドリーマー』〔八四〕である）。

ミステリにおいても、〈探偵〉たちはひたすら事件を解決するためにのみ、この世に存在する。次から次へと発生する難事件に遭遇《そうぐう》することで、しかし彼らは決して揺らいではならない。彼らは読者にとって、論理と秩序の化身として、拠《よ》って立つべき存在だからである。

もちろん、探偵自身が変化・成長していくシリーズも少なからず存在する。しかし、それらは大抵の場合ちょっとした味付け、ささやかなロマンスの進展とか、事件の記憶による感傷といった程度で、本質的な変化ではないものがほとんどだ。それを主題に据《す》えようとすれば、多くの場合シリーズ中の異色篇となるか、でなければクリスティの某探偵の最期や、クイーンとその後継者・法月綸太郎《のりづきりんたろう》のように袋小路《ふくろこうじ》に入り込み、あるいはシリーズ自体の終わりを招きかねないだろう。だから、長期にわたる人気シリーズであればあるほど、〈探偵〉はそのディテールこそ増えていくものの、決して変容することは許されない。

だがしかし、ミステリというのは本来的に、〈知る〉ことの哀しみについての物語である。謎を解き、真相を暴くということはすなわち、この世に遍在《へんざい》する〈悪意〉について知るということだ。そうした営みを続けていくなら、〈探偵〉の内部には次第に〝澱《おり》〟が溜まっていき、自身の変質を余儀なくさせるだろう。それを避けるためには、〈探偵〉を精神的な〝超人〟とするか、あるいは事件を彼／彼女と直接には無関係なものとして、精神的距離を置かせるかだ。〝探偵に自身の物語は必要ない。推理機械の役割に徹するべきである〟というテーゼの根拠の一端は、ここにある。

赤川次郎の人気シリーズもまた、基本的には〈探偵〉自身は変わらずに、事件を外から眺めるものとしてある。それは《三毛猫ホームズ》（七八～）に象徴的だ。〈女性〉を剝奪されたホームズと喪失した晴美、〈男性〉を獲得できない片山と石津というカルテットは、あらかじめそれぞれに欠損を抱えた地点から出発して、しかし一向に前進＝成長することはない。そこでは周囲の世界が目まぐるしく動いていく中、彼ら自身の時間はきわめて緩慢《かんまん》に流れ、というか事実上停止している。そして、おそらくは永遠に欠損を回復できない彼らはそれゆえ、つまり自身の欠損を知るがゆえに、他者を包む闇を見通すことが出来る。

　しかし、彼らが事件を解決しても、それはあくまで、またひとつ隠されていた〈悪意〉が明るみに出た、ということであって、それを知ってしまった被害者の無垢は、もはや決して回復されることはない。そこから先は片山たち、そして我々読者たちにとってはあずかり知らぬことであって、その行く末には想いを馳せるしかないのだ。

　だが、こうして我々の〝生〟から切り離したさまざまな〈悪意〉の断片を、白日の下に晒《さら》していく一方で、「なんかそういうものじゃないものを書きたいな」（「嬉しい手紙」／『イマジネーション』〇四）という思いが、赤川次郎の中にはあった。それが顕在化したのが、八八年から書き始められた、この《杉原爽香》シリーズなのだ。

　本シリーズが画期的であるのは、単に〈探偵〉役の少女が徐々に歳を取り、成長していくから――ではない。それだけならば前述したように、先例あるいは後例もある。このシリーズが出色なのは、主人公が十五の秋から一年にひとつずつリアルタイムで歳を取っていく、という点にある。しかも、文庫書き下ろしである第一作『若草色のポシェット』を除き、以降の作品はほぼ一年をかけた、各社の雑誌連載によって書き継がれている。

例えば、第十八作、つまり爽香・三十二歳の秋となる本書『枯葉色のノートブック』は、「公募ガイド」〇四年十月号から〇五年九月号にかけて連載されたが、その連載第一回の冒頭には、なんと「前回のあらすじ」（しかも他誌連載作）が掲載されている（！）。つまり、これは連作シリーズと言うよりも、切れ目なく連綿《れんめん》と続く大河長篇なのである。主筋《メイン》となるひとつの事件は解決されたとしても、それに派生して起こったさまざまな事柄や登場人物たちの関係性は、さらに次作へと引き継がれていく。

だから、爽香や明男を始めとする登場人物たちがそれぞれひとつひとつ年齢を重ねる軌跡《きせき》は、そのまま読者の人生と重なり合う。読者は登場人物と共に成長していく中で、彼らがまるで現実の友人であるかのように親しんでいくことになるのである（その幸福な例のひとつが、先に引用した「嬉しい手紙」の中で語られている）。

こうした展開は例えば、《三年B組金八先生》（七九〜）、《北の国から》（八一〜〇二）、《渡る世間は鬼ばかり》（九〇〜）といった長期にわたるTVドラマシリーズなどでも行なわれており、役者の実年齢と作品時間と視聴者の実人生とがリンクして、親戚の家庭を見ているような親しみとリアリティを感じさせる。

しかし、《杉原爽香》シリーズの場合、ジャンルはミステリだ。これは、目立たないものの実に野心的な試みである。なにしろ、一人の女性の周囲で一年に一回、殺人を筆頭とする事件が発生するのだから。

シリーズ・キャラクターによるミステリの場合、この問題は最大の難点だろう。職業警察官でもない限り、いやたとえ警察官でも、ミステリに描かれるような難事件に度々遭遇するわけはない。

赤川次郎の場合この問題を、他のシリーズにおいてはユーモアを塗《まぶ》して、いわばファンタジー化することで乗り切ってきた。本シリーズにおいても、それは基本的には変わらない。しかし、一方でここには、登場人物の成長や人生の変化というリアリズムもまたある。そして、それらの拮抗《きっこう》こそが、このシリーズを比類のないものにしているもうひとつの要因ではないか。

杉原爽香の周りでは、時に殺し屋まで登場する殺人や誘拐などの犯罪と、三角関係や不倫、親子・夫婦問題、病気、非行、借金、仕事上の悩みといった世事とが等価に入り混じって引き起こされ、怒濤《どとう》のように彼女を襲う。我々が日常見慣れた普通の営みの中に、〈犯罪〉という非日常が紛れ込んでくるのだ。そのとき、〈犯罪〉もまた日常の一部となる――。

こうして、人間の営為は皆すべて哀しく、愚かしく、痛ましく、しかし愛すべきものとして、おかしみ《ユーモア》を湛えて受け容れられる。それは、赤川作品に共通のテーゼだ。だが、〈悪意〉を知った人間が再び歩き出す、その背中を見送って終わるのではなくその先、彼／彼女らと共にどこまでも歩いていくのがこのシリーズなのだ。爽香が事件の中で出会った人々の〝その後〟が、彼女の生としばしば交錯《こうさく》し、時にその大きな部分を占めるのも、爽香が彼らを他者として眺めるだけでなく、自身の問題として引き受ける覚悟を持っているからなのである。

衝撃的なターニングポイントとなった爽香・二十三歳の『暗黒のスタートライン』(九六)以降、彼女とその周囲の人々を襲う試練は苛酷《かこく》さを増している。それは、感情移入している愛読者であればあるほど、時に耐え難い辛さを引き起こす。だが、そうした読者からの〝苦情〟に対して作者が言う〝苦労と不幸は違うのだ〟というメッセージ、ここにシリーズのテーマは集約されているというべきだろう。苦労の中にも幸せを求めて、日々を力強く生きていく爽香たちに併走していく限り、我々読者もまた、そうした〈生〉を確かに体験しているのである。そして作品自体もまた、時代と併走することでリアルタイムの何かを映し出す。

それは例えば本作で言うなら、夫婦や親子などの〈血縁〉という無前提な関係の徹底的な崩壊であり、にもかかわらず未だ〝集団〟に属することでしかアイデンティティを保てず、〈個〉対〈個〉の関係性を築けない人々であり、実感を喪失して、無機質な絶望の中を浮遊する〈生〉であり——。しかし、こうした在《あ》りようを、赤川次郎は断罪するわけではない。ただその中で、我々はいかにして生き抜いていくべきなのかを問いかけるのみだ。

爽香に「明るい希望を託したい」という連載前の言葉に、全ては表われている。それは近年『悪夢の果て』(〇三)、『さすらい』(〇四)などで政治的寓話《ぐうわ》の恐怖を通して描かれる、現代日本社会への危惧の表明と表裏で対をなすものだろう。その「絶望的な気分にならざるを得ない日々」（『イマジネーション』）の中で、「『自分が誰かに必要とされたい、必要とされている』という気持ち」、「他人の痛みを自分の痛みとして、感じ取れる」「想像力」、そして「人間が迷っていることが人間的なのだ、不完全でいることが人間的なのだ」という認識について「語りつづける」ことが、作家としての存在意義であるという赤川次郎の決意表明は、そのまま杉原爽香の物語に重なっていく。

だから、当初二十五歳くらいまでと考えられていたのが未だに続いているように、このシリーズは爽香が、つまり作者が生きている限り続いていかねばならないだろう。これは、日本社会を大所高所から俯瞰するのではなく、リアルタイムで等身大の視点から見つめ、その中を生き抜いていく〝ファンタジー〟なのだから。

初出誌「公募ガイド」（公募ガイド社）二〇〇四年十月号～二〇〇五年九月号

光文社文庫

文庫オリジナル／長編青春ミステリー

枯《かれ》葉《は》色《いろ》のノートブック

著者　赤《あか》川《がわ》次《じ》郎《ろう》

2005年9月20日　初版1刷発行
2020年7月10日　4刷発行

発行者　鈴木広和
印刷　凸版印刷
製本　ナショナル製本

発行所　株式会社光文社
〒112-8011 東京都文京区音羽1-16-6
電話 (03)5395-8149 編集部
8116 書籍販売部
8125 業務部

ISBN978-4-334-73932-4 Printed in Japan

三毛猫ホームズの推理　赤川次郎
三毛猫ホームズの追跡　赤川次郎
三毛猫ホームズの恐怖館　赤川次郎
三毛猫ホームズの駈落ち　赤川次郎
三毛猫ホームズの騎士道　新装版　赤川次郎
三毛猫ホームズの運動会　赤川次郎
三毛猫ホームズのびっくり箱　赤川次郎
三毛猫ホームズのクリスマス　赤川次郎
三毛猫ホームズの感傷旅行　赤川次郎
三毛猫ホームズの歌劇場　赤川次郎
三毛猫ホームズの幽霊クラブ　赤川次郎
三毛猫ホームズの登山列車　新装版　赤川次郎
三毛猫ホームズと愛の花束　赤川次郎
三毛猫ホームズの騒霊騒動　赤川次郎
三毛猫ホームズのプリマドンナ　赤川次郎
三毛猫ホームズの四季　赤川次郎
三毛猫ホームズの黄昏ホテル　新装版　赤川次郎

三毛猫ホームズの犯罪学講座　赤川次郎
三毛猫ホームズのフーガ　赤川次郎
三毛猫ホームズの傾向と対策　新装版　赤川次郎
三毛猫ホームズの家出　赤川次郎
三毛猫ホームズの〈卒業〉　赤川次郎
三毛猫ホームズの安息日　新装版　赤川次郎
三毛猫ホームズの正誤表　新装版　赤川次郎
三毛猫ホームズの無人島　赤川次郎
三毛猫ホームズの四捨五入　新装版　赤川次郎
三毛猫ホームズの暗闇　赤川次郎
三毛猫ホームズの大改装　赤川次郎
三毛猫ホームズの恋占い　赤川次郎
三毛猫ホームズの最後の審判　赤川次郎
三毛猫ホームズの仮面劇場　新装版　赤川次郎
三毛猫ホームズの戦争と平和　赤川次郎
三毛猫ホームズの卒業論文　赤川次郎
三毛猫ホームズの降霊会　赤川次郎

虹《にじ》色《いろ》のヴァイオリン〈31歳の冬〉

枯葉《かれは》色《いろ》のノートブック〈32歳の秋〉

真珠《しんじゅ》色《いろ》のコーヒーカップ〈33歳の春〉

桜《さくら》色《いろ》のハーフコート〈34歳の秋〉

萌黄《もえぎ》色《いろ》のハンカチーフ〈35歳の春〉

柿《かき》色《いろ》のベビーベッド〈36歳の秋〉

コバルトブルーのパンフレット〈37歳の夏〉

菫《すみれ》色《いろ》のハンドバッグ〈38歳の冬〉

オレンジ色のステッキ〈39歳の秋〉

新緑色のスクールバス〈40歳の冬〉

肌色のポートレート〈41歳の秋〉

えんじ色のカーテン〈42歳の冬〉

栗色のスカーフ〈43歳の秋〉

牡丹色のウエストポーチ〈44歳の春〉

灰色のパラダイス〈45歳の冬〉

黄緑のネームプレート〈46歳の秋〉

爽香読本 改訂版 夢色のガイドブック——杉原爽香、二十七年の軌跡

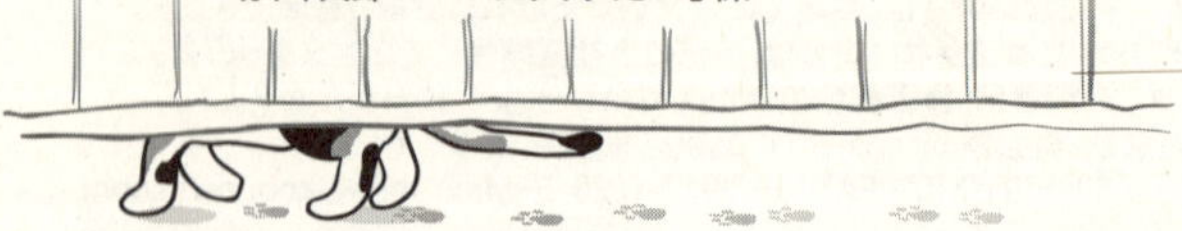